Cranford

克兰福镇

Cranford

Elizabeth Gaskell

〔英〕盖斯凯尔夫人 著　刘凯芳 吴宣豪 译

上海译文出版社

Elizabeth Gaskell
Cranford
First Published 1853
Simplified Chinese edition by Shanghai Translation Publishing House in association with Penguin Random House (Beijing) Culture Development Co., Ltd
Cover design and illustration Coralie Bickford-Smith

图书在版编目(CIP)数据

克兰福镇/(英)盖斯凯尔夫人(Elizabeth Gaskell)著;刘凯芳,吴宣豪译. —上海:上海译文出版社,2023.9(2024.3重印)
(企鹅布纹经典)
书名原文:Cranford
ISBN 978-7-5327-9230-6

Ⅰ.①克… Ⅱ.①盖… ②刘… ③吴… Ⅲ.①长篇小说—英国—近代 Ⅳ.①I561.44

中国国家版本馆CIP数据核字(2023)第142364号

克兰福镇

[英]盖斯凯尔夫人/著 刘凯芳 吴宣豪/译
总策划/冯 涛 责任编辑/吴洁静 美术编辑/张志全工作室

上海译文出版社有限公司出版、发行
网址:www.yiwen.com.cn
201101 上海市闵行区号景路159弄B座
苏州市越洋印刷有限公司印刷

开本 850×1168 1/32 印张 9.5 插页 6 字数 121,000
2023年10月第1版 2024年3月第2次印刷
印数:8,001—12,000册

ISBN 978-7-5327-9230-6/I·5745
定价:88.00元

目　录

玛蒂小姐

第一章

我们的社交圈子

首先要说的是，克兰福镇是个女人王国。镇上那些租金较高的房子全让女人给占去了，要是有一对夫妇从外地迁居到这里，

那个男的总是由于某种原因而销声匿迹：要么是因为见到晚会上只有自己一个男人而给吓得半死；要么是随军随船出外，或者坐火车上二十英里外的大商埠德伦布尔办事去了，整个星期都不回来。总之，不管是怎么回事，男人们都不在克兰福镇。他们就算待在那里，又有什么事好干呢？镇上医生的出诊范围在方圆三十英里内，他倒是住宿在克兰福镇，可医生并不是人人都当得上的呀。至于平日里那些大大小小的事儿，例如：把种满名贵花卉的园子收拾得整整齐齐，没有一点杂草呀；吓跑那些隔着栅栏打这些花儿主意的眼馋的孩子们呀；轰走趁大门敞开时闯进园来的鹅群呀；不把精力浪费在无谓的推理和争论上而给所有文学和政治上的问题作出结论呀；把本教区内各人的情况了解得一清二楚呀；教那些干净麻利的女仆循规蹈矩呀；对穷人施些恩惠呀（这往往是有些专断，不容对方有异议的）；以及在不幸中互相帮助、互相慰藉呀。应付上面所有这些事情，本镇的太太小姐们已经绰绰有余了。有一次，一位女士对我说："男人在家里太碍手碍脚了！"虽然克兰福镇的女士们对彼此的活动都很了解，但她们对别人的意见却全不理睬。由于每个人都有自己的个性，更不用说还有根深蒂固的怪癖，因此，你一言我一语针锋相对的争论也就是最为常见的了，不过总的说来，她们的关系还是相当友好的。

克兰福镇的太太小姐们之间偶尔也发生些小小的争吵，说上几句辛辣的话儿，生气地把头往后仰仰，这样正好能使她们的生活不致变得过分平淡乏味。她们在穿戴上从不赶时髦，她们说："在克兰福镇人人都认识我们，穿好穿坏又有什么关系呢？"如果出门到外地去，她们的理由也是同样充足："这里又没有人认识我们，穿好穿坏又有什么关系呢？"衣服的料子一般是既耐穿又朴素，多数都像从前那位以洁净著称的泰勒女士那样一丝不苟。但是，我可以担保，英格兰人穿的最时髦的羊腿式袖子、最时髦的紧身衬裙在克兰福镇也能见到——见到的人并不会觉得有什么好笑。

我亲眼见过有个体面人家的一把红绸伞，一位老姑娘（她有好几个兄弟姐妹，都已离开人世）雨天上教堂的时候总打着它。你们伦敦有红绸伞吗？据说这种红绸伞第一次在克兰福镇出现时，小孩们都围了上去，说是"手杖穿上了裙子"。这很可能就是我刚才说到的那把伞，当年一位身强力壮的父亲曾撑着这伞，给一大群娃娃遮雨，后来那一大家子就剩下了那位可怜的老姑娘，那把伞她几乎撑不住了。

上门做客有各种各样的规矩。每当外地青年到此小住，总有人郑重其事地向他们宣讲这些规矩，那认真劲儿就像一年一度在汀瓦尔山顶宣读马恩岛的法律①一样。

"亲爱的，朋友们要我先来向您问候，您一路上一定辛苦了，"（其实只是乘坐男用马车旅行了十五英里）"她们让您明天先休息，但是后天就一定会有人来看您。请不要在十二点过后安排什么活动——照我们的规矩，十二点到下午三点是访友做客的时间。"

朋友们来访以后，又会有人嘱咐说："今天是第三天，亲爱的，

---

① 马恩岛，在英国与爱尔兰之间的海面上，至今仍保持古老传统，每年在露天举行最高会议，产生国会，所有市民有权打听正在研究的法律，提出意见。

“有个体面人家的一把红绸伞”

我想令堂一定跟您讲过，要是有人来访，三天之内一定要回访；还有，做客的时间每次不能超过一刻钟。”

“那么是不是该看看表呢？我怎么知道那一刻钟的时间到了呀？”

“亲爱的，您得时时记在心上，不要光顾着谈话，忘了时间。”

因为人人心里都记着这条规矩，所以不论是会客或做客都决不谈什么扣人心弦的话题，大家严格地遵守时间，三言两语地说些无关紧要的事儿。

我想克兰福镇有几户上流人家境况并不富裕，要做到收支相抵还有些困难。但是他们却像斯巴达人[①]那样，心中尽管痛苦，脸上却总露着笑容。我们向来不谈金钱，因为这个话题很有些做生意的铜臭。虽然有几家穷的，可也都是贵族出身。克兰福镇的人有一种高尚的团结精神[②]，因此，如果有人在掩饰自己的窘境时做得不够完满，别人也并不怎么计较。譬如，有一次福列斯特太太在她那座小小的房子里举办茶会招待客人，她那个小侍女过来请坐着的女士们挪挪身子，让她从沙发底下取出茶盘来，客人们都把这种古怪的做法看成是世上最为自然不过的事情，照旧谈着家规礼节，似乎大家都相信女主人有一间专给仆人用的起居室，有专给仆人们安排的桌席，手下管家、执事一应俱全。其实女主人只有这一个从慈善学校里要来的女孩子。小女孩胳膊太短，气力不足，要不是女主人暗地里帮忙，她怎么也没法把茶盘端上楼去。这会儿女主人却大模大样地坐着，装作不知道仆人要端上什么

① 斯巴达人，古希腊的一个民族，以勇敢坚忍、吃苦耐劳著称。

② “团结精神”原文为法文：esprit de corps。

“穿着高跟木屐咔嗒咔嗒地走回家去”

点心来。其实她忙了整整一上午，做这些面包和松饼，她自己心中有数，我们心中也有数；她知道我们心中有数，我们也明知她知道我们心中有数。

大家手头都很紧，然而谁也不肯承认，谈起自己的高贵门第来却是津津乐道，结果就形成了当地的一些习俗。这些习俗非但没有什么坏处，而且还可以推广到别的社交圈子里去，改良改良不好的风气。例如，克兰福镇的居民从不熬夜。晚上出门，到了九点左右便由提灯笼的仆人引着，穿着高跟木屐咔嗒咔嗒地走回家去。到了十点半，全镇的人便都上床睡觉了。此外，如果晚间待客时在吃喝方面摆阔还会被人看作是“俗气”（在克兰福镇这可是个可怕的字眼）。尊贵的贾米逊夫人招待客人也不过摆些薄奶油面包片和松饼，虽说她是已故的格兰玛伯爵的弟媳，可人家就是实行这种“高雅的节俭”。

说到“高雅的节俭”，人们自然会联想到克兰福人平时的用语措词来。在这儿，节俭总是“高雅”的，大手大脚则是“俗气，爱出风头”。这种“葡萄酸”①的哲学使得大家心满意足，相安无事。我永远忘不了那位布朗上尉初到克兰福镇定居时的一场风波。当时他当众叫穷，弄得大家心里很不痛快。他不是先关起门窗，再低声告诉心腹至交，而是在大街上拉开军人的大嗓门叫嚷，说他是因为没钱才租不起好房子。他是一个男人，而且是个上流男人，如今侵入到女人的辖区，大家本来已经牢骚满腹了。他还是个支半薪的上尉，在本镇居民曾经请愿强烈反对过的邻近

---

① 出自《伊索寓言》，狐狸吃不着高处的葡萄，便安慰自己说葡萄是酸的。

那条铁路上谋到了个职位。这么个男人，又同那条可恶的铁路有关系，这会儿竟然还老着脸皮叫穷，我们自然不该和他来往啰！死亡和贫穷一样，都是无处不有的普遍事实，可是从来没有人跑到大街上去大喊大叫，谈论死亡的事呀！对有教养的人来说，这可是个忌讳。大家彼此心照，装作不知道那些与我们平起平坐的朋友会因为缺钱而办不成他们想办的事。如果步行去参加宴会，或从宴会上回来，就说是因为夜色非常美好，空气十分清新，而绝不是因为轿子价钱太贵坐不起；如果穿的是印花布而不是丝绸，那只是因为大家喜欢这种耐洗的料子。长此以往，对于彼此手头并不宽裕这一俗气的事实，大家也渐渐视而不见了。因此大家自然就不能理解，为什么这个男人叫穷时一点儿也不觉得有失体面。可是不知怎的，布朗上尉在克兰福镇居然渐渐赢得了人们的尊敬。先前决心不跟他来往的人也上他家的门了。在他定居一年之后，我到克兰福镇去作客，听到他的意见竟然被奉为金科玉律，不禁大为诧异。因为就在一年之前，我的几个朋友还极力反对上门去看他和他的两个女儿；可如今，甚至在十二点这一“法定做客时间”之前，他也可以随便到别人的家里去。不错，那是因为要赶在生火之前请他看看烟囱为什么会漏烟。不管怎样，布朗上尉毕竟无所畏惧地走上楼去，嗓门大得就像在野外训话一样，还像个老熟人般开着玩笑。初来时，别人对他有点儿怠慢，礼貌也欠周到，他都视而不见。虽然镇上的太太小姐们一度待他冷冷淡淡，他却一直是友好相待；别人恭维他，话中带刺，他听了却以为是真意。女士们本来见他不因贫穷而感到羞耻，都不敢和他接近，后来觉得为人坦率原是男子汉的特点，对他的戒心也就消除了。他有男人家的卓越常识，谁家有做不来的杂活，他总有法子对付。久而久之，他在镇上太太小姐们的心目中便赢得了一种异乎寻常的权威的地位。而他呢，过去遭人白眼，自己毫无觉察，现在受人爱戴，还是毫无觉察，仍旧自行其是。有一回，人家有事请教他，他信口答了一句笑话，别人却把他的笑话奉为金言，切切实实地照办，我相信，他发觉后，肯定大吃一惊。

事情的经过是这样的：有一位名叫贝蒂·巴尔格的老姑娘，养了一头阿尔登尼种母牛，她对这头牛就像对亲生女儿一样地疼爱。到她那儿做客，哪怕只有一刻钟的时间，她也必定会告诉你那头畜牲是多少伶俐，牛奶又是多么出色，镇上无人不知巴尔格小姐的阿尔登尼种母牛，而且对它很关心。因此，有一次，它不留神掉进了石灰坑里，镇上的人们都非常同情和痛心。母牛一放声大叫，马上有人听见去把它救了出来。可是那头可怜的畜牲身上的毛已差不多掉光了。救出来的时候，身上赤条条的露出皮来，见它冻得那个样子，大家都觉得十分可怜，虽然也有几个人看着它那副怪模样忍不住要发笑。贝蒂·巴尔格小姐又伤心、又沮丧，一个劲儿直哭，据说她打算用油给牛洗澡，也许这是她四处求医时别人给她出的点子。不过不管有没有人出过这样的点子，反正布朗上尉说了两句话，便把她的这个念头打消了。他说："女士，要想保住它的命，就得给它穿上法兰绒背心和短裤。不过，我看还是立刻把这可怜的畜牲宰掉的好。"

贝蒂·巴尔格小姐擦干眼泪，对布朗上尉千恩万谢，并立即动手照办。过不多久，全镇的人便都看到那头阿尔登尼种母牛穿着深灰色的法兰绒背心，温顺地到草地上去了。我自己就看见过好几次。你们在伦敦可瞧见过母牛穿着灰色法兰绒衣裤吗？

布朗上尉在城郊租了一幢小房子，他的两个女儿和他住在一起。在我离开克兰福镇之后第一次回去作客时，他一定已经六十开外了，但他的体格经受过磨练，身子骨结实硬朗，腰板挺直，步履轻快，看不出已经六十岁了。他的大女儿看起来似乎并不比他年轻多少，足见他一点儿也不显老。布朗小姐该有四十岁了，她满脸病容，一副饱经风霜的痛苦神色，似乎早就失去了青春的魅力，即使在年青时她的相貌一定也很平常，脸上也不会有多少笑容。布朗的二小姐叫泽西，年纪比姐姐小十岁，却长得比姐姐漂亮二十倍。她圆圆的脸上有两个酒窝，有一回詹金斯小姐生布朗上尉的气（什么原因我待会儿就告诉你）时说："她觉得泽西小姐大可不必卖弄她的酒窝，老是装出那么一副孩子模样。"她脸上的确很有几分孩子气，而且，就我看来，她到死也改不了孩子气，不过她应该活到一百岁。那双蓝蓝的大眼睛直直地望着你，满带着一种好奇的神情；鼻子有点儿塌，样子不算好，但嘴唇却是十分红润；她留着一头鬈发，使脸蛋儿显得更好看。我不知道她算不算得上漂亮，不过她的脸蛋儿我却很喜欢，别人也都喜欢。至于那对酒窝，她自己恐怕也无可奈何。她生性开朗，举止大方，很像她父亲。任何细心一点的妇女都看得出来，她们姐妹俩的穿戴有点儿不同——泽西小姐在服装上每年总要比姐姐多花两镑钱。在布朗上尉每年的开销中，两镑钱可是一笔不小的数目呀。

我第一次在克兰福镇教堂里见到布朗父女三人时，得到的就是这么个印象。我在这之前就见过上尉——就是修烟囱的那一回，他只改了改烟道，烟囱便修好了。在教堂早祷时，他把双眼镜

“看到那头阿尔登尼种母牛”

举在眼前，头抬得笔直，兴高采烈地高唱着圣诗，在回答时他的声音比教堂执事还要响。执事是个老头儿，声音又尖又细，我想，上尉洪亮的低音一定使他苦恼万分，他只得尽量抬高嗓门，用颤抖的声音唱着。

走出教堂时，生气勃勃的上尉极其殷勤地照料着两个女儿，他先与熟人们一一点头微笑，然后替大女儿撑开了伞，接过她的祈祷书，耐心地看着她用抖抖索索的双手提起裙裾，走过湿漉漉的路面；在这之后，才回过来同熟人们握手。

我倒真想知道克兰福镇的女士们在晚会上是怎样招待布朗上尉的。从前我们在打牌时没有男客需要我们去照应或找话和他攀谈，大家都庆幸夜晚过得舒适安闲。我们喜欢高雅，讨厌男性，几乎相信男人天生就是“俗气”的。所以，听说我的朋友兼东道詹金斯小姐决定举办茶会为我接风，布朗上尉和他的两个女儿也在被邀请之列，我心里十分纳闷，不知晚会到底要开成什么样子。到了那天，铺着绿绒的牌桌像往常那样，天没黑就摆好了；那时正是十一月下旬，下午四点左右天就黑了，每张桌上都放好了蜡烛和干净的纸牌，炉火烧得旺旺的，那个伶俐的侍女该做的事儿也已吩咐停当。我们穿着自己最好的衣服站着，手里都拿着点火用的纸捻儿，专等敲门声一响就冲过去点蜡烛。晚会在克兰福镇是桩隆重的事儿，就像过节一般。太太小姐们穿上最漂亮的衣服坐在一块儿，外表十分庄重，心里非常得意。头三位客人一到，便坐下来要打牌，我只好和他们凑个数。随后到的四位客人也立刻凑起一桌。茶盘跟着也端了上来，放在桌子中央，早上我走过储藏室时，就看见那些茶盘已准备停当。瓷器很精致，像蛋壳

“兴高采烈地高唱着圣诗”

“走出教堂”

一般，老式银器擦得铮亮，不过点心却不值一提。茶盘还没端走，上尉和他的两个女儿就进来了。看得出来，上尉不知怎的特别受在场的太太小姐们欢迎。一见他进门，原来紧皱着的眉头都舒展开了，尖声说话的也压低了嗓子。布朗小姐满面病容，无精打采，甚至可以说是郁郁不乐；泽西小姐像平常那样微微笑着，看来差不多与她父亲一样有人缘。上尉立刻不动声色地做起男子该做的事来，他招呼着各位女客，替那位漂亮的女仆给女士们倒茶，送牛油面包。这些事他做起来从容不迫，落落大方，好像男性照料女性是天经地义的事，不愧是一位真正的男子汉。他玩牌极其认真，三个便士的输赢看得像三镑一样重。不过，就在他招呼别人的当儿，他也时刻留心着他那体弱多病的大女儿。不少人都认为布朗小姐不过是容易动气，但我相信她的确是身体不好而难受。泽西小姐不会打牌，就和那些不打牌的客人谈起话来。原先那些客人因为打不上牌，正有点儿不高兴呢。她还弹着钢琴唱起歌来，那钢琴现在已经破旧了，但原先音色大概还不错。她唱的是《赫哲汀的小伙子》，稍微有点儿走调，好在我们对音乐都不在行。倒是詹金斯小姐摆出内行的样子，跟着打拍子，但就是不合拍。

詹金斯小姐跟着打拍子，用意是很好的。因为刚才顺便①谈及设得兰毛线时，泽西·布朗小姐无意中说她有个舅舅在爱丁堡开店。詹金斯小姐听了有些恼火，她不愿让旁人听清泽西那些公开自己身世的话，便拼命咳嗽。因为尊贵的贾米逊夫人就坐在泽西身边的桌子前打牌，要是让她知道屋里女客中还有个小店东的外

① “顺便”原文为法文：à props。

甥女，她会有何想法呢？还不知道会说些什么话呢。但是泽西·布朗（第二天上午我们都说她太不懂世故不会随机应变）偏偏说了又说，还向波尔小姐担保她有法子替她买到她要的那种设得兰毛线。“叫我舅舅买，他爱丁堡铺子里设得兰的货色样样齐全，都是第一流的。”詹金斯小姐认为谈这样的事，听这样的话都有伤大雅。她提议弹琴唱歌，就是为了替我们洗去耳朵和嘴里的俗气，所以我再说一遍，听着歌打拍子正是她的一番好意。

准八点三刻，茶盘重又端了上来，盘里有葡萄酒和饼干，大家便交谈起来，比比牌运，琢磨出牌的技巧，渐渐地，布朗上尉把话题扯到文学上来了。

“诸位看过连载的《匹克威克外传》[①]吗？”他问道（那时这部小说正分期连载），“真是好极了！”

詹金斯小姐的父亲生前是本镇的教区长，家中有不少布道的手稿和大批神学书籍，因此她认为自己精通文学，别人一谈到书籍，她就觉得是对自己的挑战。听了上尉的问话，她答道，不错，她看过了，实际上也不妨说她已经读过了。

“您觉得怎样？”上尉嚷道，“好极了，对吗？”

经他这么一追问，詹金斯小姐不得不开腔了。

“肯定地说，我觉得他根本比不上约翰逊博士。不过，作者可能还年轻，如果肯下苦功，以大博士为楷模，谁知道他将来怎么样呢？”这几句话显然太过分了，布朗上尉听了便沉不住气，只见他未等小姐把话说完就想开口分辩。

---

① 《匹克威克外传》（*The Pickwick Papers*），狄更斯的小说，最初以波兹（Boz）的笔名分期发表。

“亲爱的女士，那完全是两码事呀！”他说。

“这我完全明白，”她答道，“我还是给他留点面子呢，布朗上尉。”

“请让我把这一期的故事念一段给您听听，”他请求说，“这是我早上才收到的，想来在座各位都还没有看过吧。”

“请便吧。”她以一种息事宁人的口吻说道。上尉读了山姆·维勒在巴斯那一段趣话。来客中有人开怀地笑了起来；我可不敢笑，因为我就住在人家家里。詹金斯小姐正襟危坐，耐着性子听下去。故事读完后，她转过身来，庄重而又温和地对我说：“亲爱的，替我把《勒赛拉》[①]拿来，在书房里。”

我把书拿给她后，她转身对上尉道：

“现在请让我也读一段给您听听，在座诸位就可以把您心爱的波兹先生和约翰逊博士作一比较了。”

她抬高调门，庄严地朗读了勒赛拉和茵拉克的一段对话。读完之后说道：“我想现在诸位一定看得出来，我喜欢约翰逊博士这位小说家并不是没道理的。”上尉噘着嘴，用指头弹着桌子，没有作声。她认为可以接下去给他致命的一击了。

“我觉得分期连载未免太俗气了，有失文学的尊严。”

“那么《漫步者》[②]又是怎样出版的呢，女士？”上尉问道，只是声音很轻，说不定詹金斯小姐没有听到。

“约翰逊博士的文风是初学青年的楷模。当年我初学写信时，家父便叫我好好读。我学着学着，也就形成了自己的文体。现

① 《勒赛拉》（*Rasselas*），约翰逊的一部小说。

② 《漫步者》（*Rambler*），1750 年至 1752 年间由约翰逊撰稿出版的期刊。

“那一段趣话”

在我也要劝您那位心爱的作者好好学习博士的笔法。”

“波兹要是把自己的笔法换成这么一种华而不实的风格，那就糟了。”上尉道。

上尉做梦也没有想到，詹金斯小姐把这句话看成是对她个人的侮辱。她的朋友和她自己都认为写信是她的擅长。我多次看见她写信都要先在石板上打稿，写了又写，改了又改，才“抓紧付邮之前的半个小时”如此这般地向朋友“说清事理”。据她说，约翰逊博士就是她写信的样板。这时她听了布朗上尉那句话，便凛然地挺起胸膛，一字一顿地回答说：“我就是喜欢约翰逊博士，不喜欢波兹先生。”

据说——我可不敢担保这话属实——有人听到布朗上尉低声[1]咕哝道：“约翰逊博士见鬼去吧！”就算他真的说过这话，他后来也有悔过的表现：他走到詹金斯小姐坐的安乐椅旁边，想方设法引她谈些比较令人愉快的话题，但是她却不为所动。第二天，她便说了我上面提过的评论泽西小姐那对酒窝的几句话。

① “低声”原文为意大利文：sotto voce。

第二章
上　尉

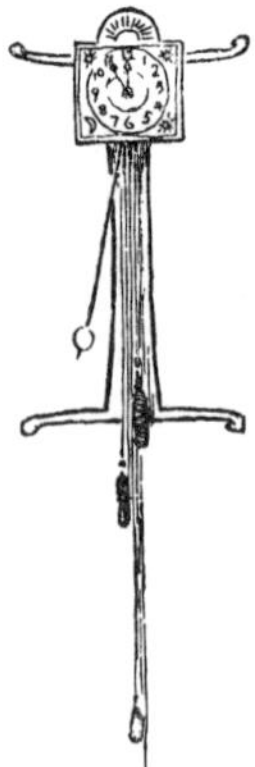

任何人在克兰福镇住上个把月，就一定会知道当地每个居民的日常生活习惯。我到那儿作客不久，就听到不少有关布朗一家三口的情况。他们家境贫寒是谁都知道的，不是什么新鲜事，因为他们自己一开始就直言不讳，爽爽快快对人说了。他们省吃俭用本是生活所迫，自己也不想隐瞒。对于上尉的为人，我倒是了解得更多了。他心肠万分厚道，遇到事儿就会不知不觉地显露出来，事后，有些小事还被当作奇闻轶事谈论一番。我们平时都不大看书，镇上的太太小姐们和仆人之间的关系又都十分融洽，谈话的题材自然就少得可怜。因此，有一个星期天，上尉见街道泥泞，替一位穷老太背食品，我们听说后便议论开来了。那天上尉从教堂出来，恰好遇到老太太买了食品要回家，他见老太太步履蹒跚，便拿出平时办事那种庄重的劲儿，把她肩上的烤羊肉和马铃薯接了过来，送到她家去。别人都觉得他这种举动十分古怪，满以为他第二天一早就会挨门逐户走上一圈，向镇上讲究风度礼仪的太太小姐们解释一下，打声招呼。没想到他并没有这么做，大家便认定他是不好意思露面。我们有点儿可怜他，都说："不管怎样，从星期天上午那件事看得出来，他为人确实是厚道。"大家决定下次见到他时要好好慰勉他一番。没料到，他和我们打了照面，一点也不难为情，说话声音还像平时那样低沉洪亮，胸脯依然挺得笔直，假发还是那么时髦，卷得那么漂亮。到头来我们只好说他是把星期天的事全忘光了。

由于谈论设得兰毛线和新编结法，波尔小姐和泽西小姐的关系也密切起来了，所以我到波尔小姐家做客时同布朗父女见面的机会比在詹金斯小姐家里来得多。詹金斯小姐怪布朗上尉贬低了约翰逊博士这么一位写轻松愉快小说的名家，一肚子的气还没有消。我发现布朗小姐为一种无法治愈的恶疾缠磨着。过去见到她脸上那种闷闷不乐的神色，我总以为她脾气乖戾，现在才明白，那是病痛的折磨造成的。她有时也发脾气，但那是因为久病不愈，精神上受到很大的刺激，一时忍受不了的缘故。在这种情况下，泽西小姐都很体谅她；她自己发过脾气之后，反倒觉得过意不去，总要狠狠责怪自己。布朗小姐不仅责怪自己脾气暴躁，还责

“把她肩上的烤羊肉和马铃薯接了过来”

怪自己因为体弱多病，饮食方面讲究一点，害得父亲和妹妹不得不加倍节俭。她恨不能为父亲和妹妹作出牺牲，减轻他们的烦恼。正因为有这种克己大度的天性，她的脾气才愈加暴躁。泽西小姐和她父亲对此不仅毫无怨言，而且对她体贴入微。看到泽西在家里的情形，我觉得她唱歌有点走调，打扮有点孩子气都可以不必计较了。我后来还发现，布朗上尉的黑色布鲁多式假发和棉上衣(天啊，那真是太破旧了)，竟是他年青当兵时赶时髦的行头，直到现在他还满不在乎地戴着穿着。他当过兵，见过世面，什么事情都有办法对付。他的皮靴是自己擦的，他说别人擦鞋他都不如意，实际上他只是千方百计想减少小侍女的麻烦罢了——大半是因为他晓得女儿的病情已经叫人够受了。

在我上面提到的那次难忘的争论之后不久，他就设法要和詹金斯小姐言归于好。听说小姐嫌铁煤铲铲煤的声音太刺耳，便亲手做了一把木煤铲给她送去。小姐冷冷地收下了，只是生硬地说了声谢谢。等上尉一走，她就吩咐我把木煤铲扔到堆放杂物的房间里去。大概在她看来，一个不喜欢约翰逊博士而喜欢波兹先生的人送的不论什么礼物都要比铁煤铲还叫人讨厌。

我离开克兰福镇回德伦布尔时的情况就是这样。我虽然不在那里，但还有几个书信往来的朋友。所以，对那可爱的小镇上的一切仍然了如指掌①。和我通信的朋友中间就有波尔小姐，她过去热衷于打毛线，现在却对勾针着了迷，来信的主调有些像古歌里唱的“君莫忘弗林的白毛线”，因为每说完一条新闻，她就要加上

---

① “了如指掌”原文为法文：au fait。

“别人擦鞋他都不如意”

几句有关勾针的嘱咐，要我代办。玛蒂尔德·詹金斯小姐(她姐姐詹金斯小姐不在的时候，她不反对我们称她玛蒂小姐)写的信亲热得很，只是有点不着边际，时不时壮着胆儿冒出一两句自己的见解，过后又突然缩了回去，要么求我别提起她说过的话，因为她明知姐姐的看法跟她不同，要么就在信末加上附言，说是信写好之后，她曾和狄布拉谈过有关问题，心里很踏实，云云——(这时她很可能将信中自己原来的说法全盘否定了)。再就是詹金斯小姐——她喜欢玛蒂称她作狄布拉①，因为她父亲曾说过，这个希伯来名字应该这样发音。我私底下想，她在为人处世方面也把这位希伯来女先知当作自己的榜样。说真的，除去现代的习惯和衣着之外，她和那位严厉的圣人倒不无相像之处。詹金斯小姐围着颈饰，小帽儿和骑师戴的极为相像，单从外表看来就知道她是位坚强果断的女性。不过对于现在的人提倡男女平等，她是很不以为然的。平等？这是什么话！她深知，女性比男性要强多了。不过我们还是言归正传，说说她那几封信吧。信的内容和她的为人一般严肃庄重。我近来又把那些信读了一遍(亲爱的詹金斯小姐，我是多么敬重她呀！)，现从中摘出一段，因为这一段刚好和我们的朋友布朗上尉有关：

“尊贵的贾米逊夫人刚才来访，交谈中她告知我，贾米逊先生的生前好友莫勒弗瑞勋爵昨日造访彼处。恐怕你轻易猜不出勋爵大驾光临本镇的原因。勋爵此次系为探望布朗上尉而来，他们在非洲作战时相识。据云，当时在徒有其名的‘好望角’附近的海

① 狄布拉(Deborah)，一译“底波拉”，《圣经·旧约》中的人物。

“詹金斯小姐”

面上，勋爵大难临头，上尉有幸救他脱险。你也知道，我们的朋友尊贵的贾米逊夫人并非那类遇事爱刨根问底之人。因此，我未能从她口中得知上述危险之种种详情。对此你定然不会觉得意外。说实话，我亟想知道上尉靠有限的收入，又如何招待这位贵宾。现已得悉，勋爵下榻于天使旅馆。在那里或许还能如我等所愿，得以安眠，消除疲劳。只是，勋爵大驾光临本镇的那两天都与上尉一家共进那与众不同的三餐。肉店店主约翰逊的太太告诉我，泽西小姐往购羊腿一只。除此以外，未闻备办过别的菜肴招待如此尊贵的客人。或许他们飨之以‘理性之宴加性灵之流’①吧！不过，可怜的布朗上尉一向尝不出‘清澈纯净的英语甘泉’②之美味，此番能有机会和一位温文尔雅的英国贵族交谈，对提高其情趣定会大有裨益，实为一可喜可贺之事。不过，世俗的瑕疵，又有谁能幸免？”

波尔小姐与玛蒂小姐的来信也同时送到。莫勒弗瑞勋爵的光临是一条特大新闻，镇上人写信，谁也不会将它轻易放过，个个都要大事渲染一番。玛蒂小姐先是谦逊地解释说，她姐姐信中已把这件给克兰福镇增光的大事描绘得淋漓尽致，比她强千百倍，自己本不应同时另写一信。不过，玛蒂小姐的信虽然有些小小的拼写错误，却为我最为清楚地描述了勋爵光临后产生的轰动。据说除了天使旅馆的人员、布朗一家和贾米逊夫人之外，勋爵没有和旁人谈过半句话儿；只有一个小孩把脏铁环滚到他的尊腿上，被他狠狠骂了一两声。

---

① 英国诗人蒲伯(A. Pope)的诗句。

② 英国诗人斯宾塞(E. Spencer)的诗句。

“勋爵没有和旁人谈过半句话儿；只有一个小孩”

我再一次到克兰福镇作客时已是夏天。自我上回离开之后，这儿既没人生儿育女，也无婚丧喜庆，大家住的还是老地方，身上还是那些平时十分爱惜、穿了多年的老式衣服。最重要的新闻便是詹金斯小姐买了条地毯，铺在客厅里。一天下午，阳光透过没有遮阳的窗户直射到地毯上，我和玛蒂小姐在阳光照着的地方盖上报纸，然后就坐下来看书或者做活计。可你瞧，一刻钟的工夫阳光又移到了别的地方，我们只得再跪下来挪动报纸。这样，我们两人跟着阳光转，真是忙得不亦乐乎！有一天，詹金斯小姐要请人来喝茶，事前我们又足足忙了一个上午。我们按照她的吩咐，把报纸裁开，一条条缝接起来，再铺成小道，通到为来客准备的座位上，免得客人们的鞋子把地毯踩脏。在伦敦可有人在地毯上铺纸路让客人走吗？

布朗上尉和詹金斯小姐之间的关系仍然不甚融洽。上回我谈过的那次文学上的争论，留下了一道伤口，一触就痛，叫人赶紧往后缩。这虽是他们之间唯一的意见分歧，但也已经够受的了。詹金斯小姐总禁不住要指桑骂槐地数落上尉的不是。上尉并不当场回嘴，只是用手指弹着桌面，但她觉得他这个动作是对约翰逊博士的大大不敬，心里很不痛快。上尉似乎唯恐别人不知道他特别喜爱波兹先生的作品，连在街上走路也常常专心致志地读着，有好几回差点和詹金斯小姐相撞。尽管事实上他不过吓了她一跳，自己也吃惊不小，尽管他诚心诚意地道歉，可她还是不高兴。她对我说，只要上尉看的是些高雅的文学作品，自己即使被他撞倒在地，心里也要觉得好受些。可怜的好上尉，他比从前要衰老憔悴得多，衣服也更加破旧。但只要不提起他大女儿的病情，他还是和往常一样爽朗愉快。

“她可是很遭罪呀，而且病情还会加重。我们虽尽力设法减轻她的病痛，可上帝的意旨谁也无法改变。”说到临了这句话，他总要脱下帽子表示敬意。听玛蒂小姐说，他们确确实实竭尽了全力，邻近最有名的医师也请过了。医生有什么吩咐，他们都不惜代价一一照办。玛蒂小姐相信，为了让病人舒服些，上尉和他的小女儿一个子儿也舍不得多花，但是他们从来没有一句怨言。至于泽西小姐呀，可怜的玛蒂小姐感动得无以复加，只是感叹说：“瞧她那样服侍她姐姐，我觉得她简直就是个天使。她姐姐发脾气，她总是忍受着。她通宵不眠，陪着姐姐，还要大半夜听着她埋怨唠叨，过后，她的面容还是那么开朗，真是美丽动人。到早餐时她又打扮得整整齐齐的见她父亲，就像已经在女王的床上美美地睡了一夜似的。亲爱的，要是您也像我一样，亲眼见到这些情形，您就再也不会取笑她那头整整齐齐的小鬈发，也不会取笑她那粉红色的蝴蝶结了。”我只是感到十分内疚，后来再遇见泽西小姐时，就以双倍的敬意向她问好。她面容消瘦憔悴，谈起她姐姐就嘴唇发抖，身体好像很虚弱。但当她一谈到镇上人们的善心时，她便噙住在那双美丽的双眼里闪烁着的泪花，面容开朗地说：

“真的，克兰福镇的人心肠多好啊！无论是谁家烧了好饭菜，总要挑最好的盛在碗里盖好了送来给我姐姐。穷人把刚上市的蔬菜放在我家门口。他们话语不多，粗声粗气，像是不好意思，但看他们考虑那样周到，我心底里真是十分感激。”说到这里，她的泪水又涌了上来，禁不住扑簌簌地往下淌。过了一两分钟她又责怪自己容易动感情；待分手时，她又是那样愉快，和平日没有两样。

“为什么这位莫勒弗瑞勋爵不帮帮他救命恩人的忙呢？”我问。

“噢，上尉这个人哪，从来不肯平白无故地叫穷。他陪勋爵出门散步，总是喜气洋洋，活像是一位王子。他们请勋爵吃饭，也从不因菜不好说几句道歉的话，以引起客人的注意。布朗小姐那天身体又比较好些，一切似乎都还如意。勋爵大人自然就看不出他们的家境实际上有多窘。冬天里他倒时常送些野味来，不过眼下他到国外去了。”

我常常会看到，在克兰福镇，一些零零碎碎的东西只要有机会，都能派上用场。玫瑰花瓣在没凋落之前就被采集起来，再制成百花香送给那些没花园的人；薰衣草也要一小束一小束地分送给镇里的人家，铺在抽屉里，或者装点在病人的房里。许多人看不上眼的东西或者认为不值得做的小事，在克兰福镇却是件件都有人留心。詹金斯小姐在一个苹果里塞满丁香，送给布朗小姐在房里烤熟了闻香。每塞进一个丁香，她嘴里总要说一句约翰逊式的话。真的，她一想到布朗一家，就不能不谈到约翰逊。由于当时她老是记挂着布朗一家，所以我常听到她说些抑扬顿挫的三叠长句。

有一天，布朗上尉登门面谢詹金斯小姐的帮忙照料（她做了那么多好事，我原来还不知道呢），上尉像是突然苍老了许多，他那深沉的低音有点颤抖，眼睛也没有神了，脸上的皱纹也深了些。谈起他女儿的病情，他并不乐观，也不可能乐观。他说话不多，带着一种坚强的听天由命的口吻，他说：“泽西一直为我们受苦，她的好处只有上帝才说得清。”这话他说了两遍，说完之后便匆忙站起身来，默默地和大家握了握手，走了出去。

当天下午，我们瞧见街上的行人三五成群地在谈着什么新闻，一个个吓得目瞪口呆。詹金斯小姐觉得奇怪，不知道究竟是出了什么事，犹豫了一会儿，而后顾不得平日的尊严，打发简妮出去打听。

简妮回来时脸都吓白了。她说：“女士，不得了啦！詹金斯女士！布朗上尉在那条该死的铁路上被火车碾死了。”说着就大哭起来，她和其他许多人一样，得过上尉的不少帮助。

“什么？——在哪儿——在哪儿？天啊！简妮，别尽是哭，快把事情讲清楚。”玛蒂小姐立即冲到大街上，一把拉住正在谈着这件新闻的人的衣领。

“来，快到我姐姐那里去，就是詹金斯小姐，教区长的女儿。喂，你说，你说，这不是真的吧！”她一边哭着一边把那个吓坏了的车夫拖进了客厅。车夫抹了抹头发，站在新地毯上，一双靴子湿漉漉的，但谁也没有注意到。

“真的，女士，一点不假，是我亲眼看见的，”车夫想到当时的惨景，身子直抖，“上尉手中捧着一本新书，正看得入神，在等候火车到站。刚好有个大女孩牵着个小女孩走了过来，小女孩硬要去找妈妈，一下子挣脱了姐姐的手，跌跌撞撞地要横穿过铁路。听到火车声，上尉猛地抬起头，一眼瞧见了那个小女孩，他冲上铁轨，把她抱了起来，自己脚底一滑跌倒了，火车刚好从他身上碾了过去。主啊！主啊！真的，女士，一点不假，已经有人去告诉他女儿了。小孩子救出来了，上尉在她肩膀上用力推了一把，

“车夫想到当时的惨景，身子直抖”

把她推到了她妈妈身边。可怜的上尉要是知道孩子得救了一定会很高兴，对吗，女士？愿上帝保佑他！”那位大老粗车夫虽是男子汉，说到这里鼻子一酸，连忙掉过头去，不让别人看到他在流泪。我转身看了看詹金斯小姐，她脸色非常难看，似乎就要晕过去，她朝我做了个手势，要我把窗户打开。

“玛蒂尔德，替我把帽子拿来，我得去看看他那两个女儿。要是我以前同上尉说话时有失敬之处，请上帝宽恕我吧！”

詹金斯小姐穿好了出门的衣服，吩咐玛蒂尔德给车夫倒一杯酒，便走了出去。她一走，玛蒂和我便缩着身子在火炉旁坐下，又恐惧又敬畏，低声地说着话。两人不知不觉地流了大半天的泪，就是没有哭出声来。

詹金斯小姐回来时不想多说话，我们也不敢多问她。她只告诉我们泽西小姐晕了过去，她和波尔小姐费了好大劲才把她唤醒过来。泽西一恢复知觉，就请她们俩去一个人陪她姐姐。

“霍金斯大夫说她活不了多久了，叫我们别让她再受这个刺激。”泽西小姐说。她心情很沉痛，浑身直战抖，但却极力控制自己。

“可是您瞒得住她吗，亲爱的？”詹金斯小姐问，“您自己支撑不住，她是一定会看到你流泪的。”

“上帝会给我力量——我一定要勉力支持住——他们来报信的时候她已经睡着了，恐怕现在还没醒。要是让她听到父亲的凶讯，她肯定会万分悲伤。而且，她对我这么好，想到我将来的处境，她也一定会伤心。”她抬起头来，温柔的眼睛诚挚地望着她们两人。波尔小姐事后对詹金斯小姐说，听了这话她简直受不了，因为她知道布朗小姐一向是怎么对待妹妹的。

不过事情还是按照泽西小姐的意思办了，她们告诉布朗小姐，说她父亲因为铁路上有事要办，到外地去了，总算把事情对付了过去，具体的做法詹金斯小姐也说不清楚。波尔小姐就留下来陪泽西小姐，贾米逊夫人也派人来询问过。那天晚上听到的就是这些事情，那是一个令人难过的晚上。第二天，本地报纸上登载了上尉遇险殒命的详情。詹金斯小姐拿来了报纸，说她眼力不济，要我读给她听。当我读到“这位见义勇为的绅士正全神贯注地阅读刚收到的一期《匹克威克外传》”时，詹金斯小姐板着面孔不停地摇头，叹道：“可怜的好人儿，真是入迷了！”

遗体要由车站送到教区墓地下葬，泽西小姐坚持要送柩入土，别人劝也劝不住。她因为平时苦苦约束自己的感情，脾气变得有点儿固执。波尔小姐的请求和詹金斯小姐的劝告她全然听不进去。最后，詹金斯小姐不得不让步。只是她一声不吭，我真担心她会生泽西小姐的气。停了一会儿，她才开口说要陪泽西一块儿去参加葬礼。

“您独个儿去不合适，如果我答应让您一个人去，那既不妥当，也不近人情。”

泽西小姐看来一点儿也不喜欢这样的安排，但是刚才为了给父亲送殡，她已经苦苦地争了一番，这回也无心再固执己见了。我深信，这可怜的人儿原是父亲的命根儿，当然希望独个儿到父亲坟上痛哭一场，希望朋友们不要去看她，不要去安慰她，让她有半个钟头的时间尽情倾泻心中的悲哀，但她却不能如愿。那天下午，詹金斯小姐叫人买来了一码黑纱，自己忙着把黑纱缝到我上文提到过的那顶小黑绸帽的帽檐上。缝好之后，她便戴了起来，望着我们，看我们满意不满意——并不是要我们夸奖她，她才不稀罕别人的夸奖呢。人在伤心的时候思路常会变得有些稀奇古怪，那天我心里很难过，一看到那顶帽子，就联想起头盔来。詹金斯小姐就戴着这顶半是头盔半是骑帽的古怪头饰去参加布朗上尉的葬礼。当时她对泽西小姐既温柔怜爱，又不过于放任，实在是难能可贵。我相信，这种态度给了泽西小姐力量去经受住痛苦和不幸，让她在离开墓地之前痛痛快快地哭了一场。

当时，我和波尔、玛蒂两位小姐就留下陪伴布朗小姐。她一会儿这里不舒服，一会儿那里不好过，啰啰嗦嗦没个完，要让她安静下来可真不容易。不过，话又说回来，我们不过陪了她一会儿，就觉得这样吃力扫兴，想想人家泽西小姐长年累月，那该受多少罪啊！可是泽西回家时心境似乎十分平静，她仿佛获得了一种新的力量。她脱下丧服走了进来，脸色苍白，态度和蔼，一一拉住我们的手，轻轻握着，久久不放，表示她的谢意，她甚至还微微露出惨淡的笑容，像是要我们放心，相信她经受得住。但是她那甜甜的微笑中饱含着辛酸的面容，我们见了真比看到她放声大哭还难受，泪水一下子涌进眼眶。

我们商定好，让波尔小姐留下来和她同守这漫漫长夜，隔天早上我和玛蒂小姐再来换班，好让泽西小姐能睡上几个钟头。但是次日一早，詹金斯小姐就戴着她那顶头盔式的便帽出现在早餐桌上。她吩咐玛蒂小姐留在家里，她自己打算去护理病人。很显然，她因为想到要帮助朋友，心情十分激动，吃饭时一直站着，还把家里的人挨个儿数说了一遍。

无论是精心护理，还是精力充沛、果断坚强的女人现在都救不了布朗小姐了。我们一进房便感到一种气氛袭来，谁也抵挡不住。大家畏缩不前，又敬又畏，一筹莫展。布朗小姐快要断气了，说话时也没有我们听惯了的那种怨尤的口气，她的声音我们差点都听不出来。泽西小姐事后告诉我，她母亲去世之后，家庭的重担就落到了姐姐身上，她临终前的声音容貌就跟那时候一个样子。这会儿这一家子就只剩下泽西小姐一个人了。

布朗小姐还意识到妹妹就在她身边，至于我们也在场，恐怕她就不知道了。我们站在帘子后面，泽西小姐跪在姐姐身旁，把脸凑近了姐姐的脸，以便听清她临终前令人敬畏的低语。

"啊，泽西！泽西！我一向太过于自私了，让你为我作了那么大的牺牲！请上帝宽恕我吧！我是多爱你呀——可我总是为自己着想，上帝宽恕我吧！"

"快别说了，亲爱的，快别说了！"泽西小姐抽泣着。

"还有父亲，我最最亲爱的父亲！我再也不抱怨了，请上帝给我力量忍耐这一切。噢，泽西，告诉爸爸我是多么想见他最后一面，请求他的宽恕。他永远不会知道我是多么地爱他——噢，我临死之前要是能亲口告诉他该多好！他受了一辈子罪，我却没能好好安慰他。"

泽西小姐的脸色这时豁然开朗起来。"亲爱的，如果父亲知道你的心意，你真会感到宽慰吗？亲爱的，如果你知道他的苦难，他的悲愁已到了尽头，你真会感到宽慰吗？"——她的声音颤抖起来，但她竭力控制着自己——"玛丽，他已经比你先走了一步，到了那个终生操劳的人们永远安息的地方了，你对他的爱他现在是会明白的。”

布朗小姐的脸上露出一种奇异的神色，但并非悲伤。她有一会儿没开口，接着我们看见她的嘴唇又翕动起来，虽然听不到声音，但看得出来是在说：“父亲、母亲、哈利、阿齐。”——接着，仿佛一个新的念头在她那暗淡的心灵上又投下一道朦胧的阴影，她说道：“就剩下你孤零零的一个人了，泽西！”

在那阵沉默之中，泽西小姐恐怕已有这种孤苦伶仃的感觉，听到这句话，她泪如雨下，一时说不出话来。过了一会儿，她双手合十，高举过头顶，说道——可不是朝我们说——“就是上帝要我死，我还是信赖他！”①

又过不多久，布朗小姐便安息了，再也没有悲愁，没有哀怨。

办过第二次丧礼，詹金斯小姐坚持要泽西小姐住到她家中来，不让她回到那所寂寞的房子里去。听泽西小姐说，那幢房子即使想留下，也付不起房租，本也该退掉了。除去家具变卖的钱能得点利息外，她一年的收入只有二十来镑，不够维持生活。于是我们便讨论起她挣钱谋生的本事来。

“我会做针线，”她说，“也喜欢护理病人。我想，要是有人肯让我试试，我也可以当管家；不然，我也可以到哪个店铺做店员，只是开头要宽谅我一点。”

詹金斯小姐生气地说道，这种事情她都不该去做。过了差不多一个钟头，她给泽西小姐端来一碗煮得很可口的竹竽粉，像个

---

① 出自《圣经·旧约》。

龙骑兵似的守在一旁看她吃完，一边自言自语地咕哝着，说是“有人不知道自己的身份，忘了自己是上尉的女儿”。之后便走了开去。泽西小姐又跟我们谈起她心血来潮想到的一些计划，不知不觉又谈起许多往事，我听得出了神，把时间都忘了。我俩正在流泪，冷不防詹金斯小姐走了进来，吓了我们一跳。我担心她看到我们哭了又会不高兴，因为她常说掉泪伤脾胃，我知道，她希望泽西小姐把身体养结实些；不料她和平时不大相同，似乎非常激动，一句话也不说，在我们身边不停地走来走去。后来，她总算开腔了：

“刚才我给吓了一大跳——噢，不，不是吓一跳——请别介意我的话，亲爱的泽西小姐——我感到非常惊讶——是这样，来了位客人，您从前认识的，我亲爱的泽西小姐——”

泽西小姐的脸刷地变白了，随即又涨得通红，她两眼急切地望着詹金斯小姐。

“是位先生，亲爱的，他问您愿不愿意见他。”

“真的？——可不是——”泽西小姐结结巴巴地问道，但没有说下去。

“这是他的名片。”詹金斯小姐说着把名片递给她。在她低头看时，小姐不住地向我眨眼睛，脸上做出种种奇怪的表情，努着嘴唇不出声地说了一长串的话，我自然一点也没弄懂。

“可以让他上楼来吗？”詹金斯小姐终于开口问道。

“唔，唔，当然可以。”泽西小姐道，意思是说这是你的家，你愿意把客人请到什么地方都行。她顺手拿起玛蒂小姐的毛线活忙着织了起来，但是我看得出来，她浑身上下全在发抖。

詹金斯小姐摇了铃，把女仆召来，吩咐她领戈登少校上楼。一会儿，一位四十开外的男子走了进来，他高高的个儿，长得还清秀，看样子也很坦率。他和泽西小姐握了手，但是没法看到她的眼睛，因为她双眼牢牢地盯着地板。詹金斯小姐问我愿不愿跟她到储藏室里去捆扎果酱。尽管泽西小姐扯着我的衣服，甚至抬起恳求的眼睛望着我，我还是不敢违拗詹金斯小姐的旨意。不过我们并没有到储藏室去扎果酱，而是到饭厅里谈天去了。在那儿，詹金斯小姐把戈登少校对她讲的话一五一十地告诉了我。少校说，他从前和布朗上尉在同一个团队里服役，早就认识泽西小姐。那时她年方十八，出落得如花似玉，他心中早就暗暗爱上了她，只是没有说出来。几年以后，他伯伯在遗嘱中留给他一份在苏格兰的好产业，他这才向泽西小姐求婚，泽西小姐没有答应。不过，看到泽西小姐当时心烦意乱、苦恼不安的神情，他心里确信她对自己绝非无意。后来才发现，障碍原来就在她姐姐的身上，她姐姐的病情那时已十分危急。泽西小姐还告诉他，医生说过，得了这种病是很受罪的，她家里又没其他人，唯有靠她服侍可怜的玛丽，并在姐姐生病期间照顾安慰父亲。两人商量了好久，泽西小姐还是不肯答应等将来情况好转后一定和他结婚。他便认为泽西小姐全无情义，不值得留恋，一气之下和她断了来往，到国外去了。他到东方游历了一圈，回国途中在罗马的报纸上看到了关于布朗上尉不幸去世的报道。

玛蒂小姐一早就出门去了，恰好在这时候回来，只见她冲进房间，神色慌张，好像发现了什么大逆不道的行为。

“啊，天啊！”她嚷道，“狄布拉，有个男人，坐在我们客厅

“他和泽西小姐握了手”

里，还用手搂住泽西小姐的腰。”玛蒂小姐真吓坏了，眼睛睁得老大。

詹金斯小姐立刻毫不客气地把她顶了回去：

“他的手放在那里是再合适不过的了。走开些，玛蒂尔德，别多管闲事。”这位姐姐向来很庄重，被大家当成女德的楷模，现在竟然说出这种话来，对玛蒂小姐是个很大的打击。她更加震惊地退了出去。

我最后一次见到詹金斯小姐，是多年以后的事了。戈登太太和克兰福镇所有的人依然保持着亲密的往来。詹金斯、玛蒂和波尔小姐全到她家做过客，回来后免不了把她的住宅、她的丈夫、她的装束和容貌大大形容了一番。因为心情愉快，她早年的丰姿又恢复了过来，看来她比我们原先估计的要年轻一两岁。她的双眼总是那么可爱，做了戈登太太后，那对酒窝也就显得恰到好处了。我最后一次见到詹金斯小姐时，小姐已年老力衰，那份坚毅的个性也减色不少了。戈登太太的女儿小弗萝拉正在她家做客。我进门时，发现詹金斯小姐和过去已大不相同，她无力地躺在沙发上，让弗萝拉高声地读书给她听。弗萝拉一见我进门，便把手中那本《漫步者》放了下来。

“啊，”詹金斯小姐说道，“您看我变得多老了，亲爱的，眼力已大不如前。要不是弗萝拉在这儿念书给我听，我真不知该怎样打发日子呢。您看过《漫步者》吗？这可是一本好书，好极了！弗萝拉读了大有裨益。”（就我看来，要是弗萝拉真认得书中的一半单词，并能弄懂三分之一的意思就不错了，的确会得益匪浅。）“比那本名字离奇的怪书好多了。老布朗上尉就是读那本书才丧了命的——那本波兹先生的大作——您知道《老朴兹》[1]吗？我小时候——那是多年以前的事了——演过《老朴兹》中的露西。”她又唧唧咕咕地讲了半天，弗萝拉正好利用这段时间把玛蒂小姐放在桌上的《圣诞颂歌》[2]好好读了一阵。

① 《老朴兹》（*Old Poz*），爱尔兰女作家玛利亚 · 埃奇沃思（1768—1849）的小说，这里与狄更斯的笔名波兹（Boz）混淆。

② 《圣诞颂歌》（*Christmas Carol*），狄更斯的小说。

第三章
多年前的一个爱情故事

我原以为詹金斯小姐去世之后，我和克兰福镇的联系将会中断，最多只能书信往返了，那是和促膝谈心大不相同的；这就像我们有时看见的干枯的植物标本册（拉丁文叫 Hortus Siccus 吧）和草地阡陌间活鲜鲜的花儿截然不同一样。所以，当我收到波尔小姐（以往我每年去詹金斯小姐家做客时，她总要拉我再住上一个星期）来信邀我上她家小住时，我真是又诧异又高兴。在我回信接受她的邀请之后两天，玛蒂小姐又寄来一封短柬。她在信中绕了好几个弯子，以一种极为谦恭的口气问我能不能赏光到她那儿去住上一两个星期，时间随便，到波尔小姐家之前或者之后都可以。她信中写道："自从姐姐去世以后，我完全明白我这儿对朋友是没有什么吸引力的了，朋友们能来看我陪伴我也只是纯粹出于好心而已。”

我当然答应在波尔小姐家住上一段时间后马上就到亲爱的玛蒂小姐那里去。我到克兰福镇后第二天便去看了她，想瞧瞧那幢宅子里没有了詹金斯小姐会是什么样子，我甚至有点怕看到那儿的变化。玛蒂小姐一见到我就抹起眼泪来，她早就在盼我上门，为这事很有些坐立不安。我尽可能地安慰了她，我发现对她最好的抚慰便是真心实意地称颂她姐姐的为人。我一件件地数说着她姐姐的各种好处，玛蒂小姐轻轻地摇着头，边听边默默地淌泪，到末了她再也忍不住了，拿手帕掩着脸大声抽泣起来。

“亲爱的玛蒂小姐。”我握住她的手，如今她孤苦伶仃，我真不知道怎样来表示我的同情。她放下手帕开口说道：

“亲爱的，还是别叫我玛蒂吧，她不喜欢这种叫法。不过，恐怕我做过不少她看不惯的事儿呢——现在她已不在了！亲爱的，还是叫我玛蒂尔德吧，好吗？”

我一口答应了她这个请求，打那天起就和波尔小姐练习改口。玛蒂尔德小姐在这个问题上的感情渐渐传遍了整个克兰福镇，大家都想把那个亲昵的称呼改掉，可是这却不易做到，我们慢慢只得作罢了。

我在波尔小姐处做客的这段日子十分安静，詹金斯小姐长久以

“亲爱的，还是叫我玛蒂尔德吧，好吗？”

来是克兰福镇的领袖，现在她去世了，人们几乎弄不清楚该如何举办茶会了。从前詹金斯小姐倒老是把体面的位置让给贾米逊太太，可是她现在胖得都要动弹不得了，凡事全靠几个老仆人做主。要是仆人认为该举办一次茶会，他们便提醒她理当请客了；要不呢，她也全不过问。波尔小姐打毛线时我就在一旁替父亲做衬衣，这样我听她说了好些往事。我到克兰福镇来总要带上不少针线活计，因为在这里既不看什么书，也不大出门散步，做针线有的是时间。有一回波尔小姐和我提起多年前的一件恋爱轶事，这事人们好多年前隐隐约约地有所觉察与猜疑。

过不几天，我该搬到玛蒂尔德小姐家去住了。我发觉她怯生生地担着心事，生怕我会嫌她这儿不舒服。在我解开行李的当儿，她前前后后走了好几趟，把炉火拨了一遍又一遍，反倒使火烧得不旺了。

“您抽屉可够用，亲爱的？”她问，“我真不清楚姐姐那时是怎样安排这一切的。她最有办法了，一个仆人到她手里只要调教个把礼拜，便能把火生得很旺。芬妮已经跟了我四个月了，可这个炉子还是没弄好。”

有关仆人的事总是令人没法安心，这是毫不足怪的。尽管在克兰福镇上层社会中几乎没有男人，也听不到什么关于男子的事，可在下层社会却是不乏神气的小伙子们。俊俏的女仆自然会从那些人中挑选可心的人儿。她们的女主人虽然不像玛蒂尔德小姐那样对男子和婚姻问题怀着一种莫名其妙的惧怕心理，但总有点担心她们那些标致的侍女们被那些木匠、屠夫、园丁们搅昏了头。由于职业的关系，这些人总要进门干活；倒霉的是这些人往往都是些长得很神气的单身汉。芬妮的爱人问题——玛蒂尔德小姐老是疑神疑鬼地说她跟别人调情，要不是她模样长得这么好看，我真不大相信她会有爱人呢——使她的女主人整日里心神不宁。合同上明文禁止她招惹“追随者”①。虽然她两手提起裙裾，稚气可掬地打招呼说：“对不起，女士，我一向每次只有一个人来。”玛蒂小姐还是不准她有那一个。可是在厨房里却时时可以看见男人的影子。我记得有一回晚上到储藏室，看到男人的衣裾往洗碗槽那边隐去，芬妮却竭力声称那全是我眼花看错了；还有一晚我们的表全停了，我跑去看钟，不料分明看见一个小伙子的身影晃过钟面挤到打开的厨房门后面去了。我只觉得芬妮慌慌张张地一手抓过蜡烛，使钟面蒙上一片黑影，并随口告诉了我钟点。等事后与教堂的钟声一对，我发觉她讲快了半个钟头。不过我并没有向玛蒂小姐提起我的怀疑，免得使她更加不安。何况次日芬妮又对我说这个厨房真怪，老可以见到一些奇怪的影子，她真有点不敢待在里头。“真的，小姐，”她说，“晚上六点钟吃过茶点以后直到十点钟女主人摇铃做晚祷，这段时间里我是什么人也没瞧见。”

不过，芬妮还是得走了，玛蒂尔德小姐求我住下来帮她“调教”新来的女仆。我父亲来信说家里并没有什么事，我便答应了下来。新女仆是个粗壮的乡下姑娘，一看就知道是个老实人，以前没在城里干过活。她来上工时那副模样挺叫我喜欢，我就应允玛蒂尔德小姐教她熟悉家中的规矩。这些规矩都经玛蒂尔德小姐郑

① 原文为“follower”，专指“追求女仆的男人”。

“使钟面蒙上一片黑影”

重考虑，认为她姐姐如果在世也一定会同意。詹金斯小姐家规礼节极其严格，她在世时我就听到过别人暗地里低声抱怨。可是现在她已谢世，我尽管是她家的好友，对那些规矩我也决不敢建议作丝毫改动。比如，一日三餐仍按教区长府上那套礼节，桌上总有酒和甜食，不过细颈酒瓶却一定要等举办茶会时才装满酒，茶会后瓶中剩下来的酒是没人去动的，不过每天正餐之后我们面前照样摆着两只酒杯；等下一次要举办茶会时，全家便一起来鉴定瓶中剩酒的状况，如果所剩不多，就送给穷人去喝(不过上一次茶会很可能是五个月之前的)；往往剩下来的酒很多，那么便可以从地窖里再取出些酒来加进去。我记得布朗上尉不像是爱喝酒的，因为他一杯也喝不完，而大多数军人是能接连干好几杯的。至于甜食，詹金斯小姐总是去采来醋栗和茶藨子自己做。其实我倒觉得刚采来的更为鲜美可口，但是詹金斯小姐说要是趁鲜吃掉的话夏天就没有甜食了。按老规矩，我们俩面前总有两只酒杯，上首摆一碟醋栗，两边是茶藨子和饼干，下首还有两个细颈酒瓶，真是很有身份。橙子上来后还有一道奇怪的手续，詹金斯小姐不喜欢用刀切橙子，她说那样会流得满桌都是橙汁，吮吸(不过她用了一个极为深奥的字眼)是唯一的品尝橙子之道。讨厌的是人们会把这一动作和婴儿的习惯联想起来；因此，在橙子上市的时节，每逢甜食过后，詹金斯小姐和玛蒂小姐便站起身来，悄悄拿起个橙子退到自己房里尽情吮吸橙汁。

那还是她姐姐在世的时候，有一两回我曾劝玛蒂小姐别离席，她听从了我的话。我用东西挡住了自己的脸，不去看她。她说她尽力轻轻地吮吸橙子，不发出什么讨厌的声音来。现在只剩她一个人了，当我劝她同我一起留在暖暖和和的饭厅里随意吮吸橙子时，她简直连听都不愿听。在其他事情上也是如此，詹金斯小姐的规矩反比从前更无法变通，因为定下这些规矩礼节的人已经离开人世，不能再向她请求通融了。而在其他事情上，玛蒂尔德小姐很是优柔寡断，温和到了极点。听说有一天上午芬妮这个鬼丫头为晚饭的事和她翻了二十次花样，我有时觉得她看玛蒂尔德小姐懦弱可欺，故意弄得她不知所措，使她越来越得依靠那个俏皮丫头。我这回决意要把新来的玛莎的为人摸透以后再走，如果她做事可靠，我就要吩咐她不必事事都去麻烦主人。

玛莎是个直筒子脾气，肚子里藏不住半点话，但她手脚勤快，心肠很好，不过就是不大懂事。她来了不到一个礼拜，玛蒂尔德小姐便接到她堂兄的一封信，这倒是大出我们意外的。她堂兄二三十年来一直在印度，我们从陆军军官名册里看到他最近回到英国。他带回来一个有病的妻子，从前未曾向亲戚介绍过。詹金斯少校信中说在去苏格兰途中要来克兰福镇住一夜——要是玛蒂尔德小姐家中不便的话，他就住旅馆，要是这样，那就希望她尽可能在白天和他们会会面。她说，她家中自然并无什么不便之处，全城的人都晓得她姐姐的房间空着。但是我相信她心里倒是巴不得少校永远留在印度，干脆把他的堂姐妹们忘个一干二净的好。

“唉，叫我怎么办好呢？”她一筹莫展地说，“要是狄布拉在世的话，她是一定知道该怎样接待男客的。要在他盥洗室里放剃刀吗？天啊，我连一把刀片也没有，要是狄布拉在，她都会备得齐齐的，还有拖鞋、衣刷呢？”我说这些东西他也许会随身带着。“饭后我该陪他坐多久才起身让他独个儿喝酒呢？狄布拉会把一切都处理好，她天生就是内行。你想他会要咖啡吧？”我把咖啡的事儿一口应承下来，告诉她由我来教会玛莎待客的礼节——这个女孩子在这方面是一点儿也不在行的——我完全相信詹金斯少校和夫人一定能够理解小镇上一位单身女士恬淡的生活方式。但她仍是急得心烦意乱。我叫她把两个细颈酒瓶倒空，重拿两瓶酒出来。糟的是在我指拨玛莎的当儿她偏要站在边上，不时插嘴，一会儿一个新主意，使那女孩子越弄越糊涂，她张口结舌地愣在那里，不知道听谁的话好。

“把蔬菜按次序每个人都送到。”我说（现在看来真是傻，我们过惯了简朴安闲的日子，没法去讲究这些规矩），看她有些发呆，便再加上一句，“蔬菜每个人都要送到，让客人自己随便用。”

“要注意先端给女士们，”玛蒂尔德小姐插嘴道，“在桌旁总要先侍候女士，然后再侍候先生。”

“好的，照您的吩咐，女士，”玛莎答道，“不过我倒是喜欢小伙子。”

玛莎的话使我们大吃一惊，我们很有些不安，不过我想她并不是要存心捣蛋。总的说来，她按照我们的指点侍候得还挺不错。只是在送马铃薯上来时，少校没有马上动手，她就用肘子“推了推”他，要他赶快吃。

少校夫妇说话不多，谦和可亲；一副倦怠的样子，我想东印度人大概都是这样的。使我们大为惊愕的是，他们还随身带着两个仆人。少校的贴身跟班是个印度人，他妻子的那个女仆年纪比较大，举止还稳重。不过他们宿在旅馆里，而且对他们的男女主人小心侍候，这倒省却了我们不少心事。至于玛莎则老是目不转睛

“她就用肘子‘推了推’他”

地盯着东印度人的白头巾和褐色面孔。当印度仆人在饭桌旁侍候时，我发觉玛蒂尔德小姐总是有点儿想躲开他，他们走后她甚至还向我说那个印度人是不是有点像蓝胡子①。总的说来，这次客人的来访还是十分令人满意的，直到现在玛蒂尔德小姐还会提起这件事。那时这事轰动了克兰福镇，甚至连那位一向冷漠的尊贵的贾米逊夫人也感到有些好奇。我上她家是为了表示谢意去的，玛蒂尔德小姐向她请教过男子的起居室应该如何布置，承蒙她好意帮忙——不过她说话时那种有气无力的样子不由叫人想起那位斯堪的纳维亚女巫师的话——

“别来吵我，让我安安静静休息吧！”②

现在我要说到那个恋爱故事了。

事情大致是这样的：波尔小姐有位远房表兄，不清楚是她伯父辈还是伯祖父辈上的亲戚，多年以前曾经向玛蒂小姐求过婚。如今她这位表兄就住在离克兰福镇四五英里远他自己的田庄上，不过产业不算大，大概只能算上个自由民。也许是出于那种“不求显达的自尊心”吧，他和许多与他境况相似的人们不同，不愿挤到乡绅这个阶层里去。他不让人家称他为“乡绅”托马斯·霍尔布洛克，甚至把用“乡绅”称呼他的信件都退了回去，他对镇上送信的女人说他的名字只是托马斯·霍尔布洛克先生，一个自由民，对家政上的种种改革他一概不予理睬。他家的门夏天敞

① 蓝胡子(Blue Beard)，民间故事中的人物，传说他杀死了六个妻子。
② 英国诗人格莱(T. Gray)的诗句。

开，冬天才关起来，门上既无门环也无门铃用来召唤仆人，要是门锁上了他便用拳头或手杖打门。他对凡是与做人之道无关的种种讲究一律嗤之以鼻，要是没人生病，他就认为不必压低喉咙讲话。他说得一口道地的土话，常用土话与人交谈。但是波尔小姐（是她告诉我这些细节的）说，除了故世的教区长外，她还没有听见有谁能像他朗诵得那么悦耳动听，感情丰富。

“那么玛蒂尔德小姐怎么没有嫁给他呢？”我问。

“哦，那就不清楚了。我想她本人是十分情愿的。不过要知道，在教区长和詹金斯小姐看来，托马斯表兄的门第恐怕是太低了点。”

“哎，又不是他们自己去嫁人。”我有点儿忍不住了。

“是啊！可他们就是不赞成玛蒂小姐嫁给地位比她低的人。喏，你知道她是教区长的女儿，她家和彼得·阿莱爵士还沾点亲，詹金斯小姐把这点看得极重。”

“可怜的玛蒂小姐！”我说。

“不过，我只听说他求婚没有成功，别的就不知道了，也许玛蒂小姐并不喜欢他——詹金斯小姐或许压根儿什么话也没说——那只是我的猜测。”

“从那以后他们可曾再见过面？”我问。

“恐怕没有。喏，托马斯表兄家住伍特莱，在克兰福镇和米塞尔顿之间，自他求婚未成之后，他买卖东西都上米塞尔顿去，克兰福镇恐怕至多只来过一两回——有一次我和玛蒂小姐在哈艾街上走，突然她一下从我身边蹓开了，闪进夏尔巷，随后我就遇见了托马斯表兄，让我大为吃惊。”

“他有多大年纪了？”我沉湎在幻想之中，过了一会儿才开口问。

“总有七十了吧。”波尔小姐的话像是炸药似的把我的空中楼阁炸了个粉碎。

没隔多久——就是这回我在玛蒂尔德小姐家做客期间——我有幸见到了霍尔布洛克先生，亲眼目睹了他和他从前的心上人在分别三四十年之后的第一次邂逅。那天商店里到了一批货，我在帮玛蒂小姐挑选，看有什么花色绸缎配得上灰黑色的毛棉料子，因为那些料子须得加上一幅。这时一位瘦高个儿的、活像堂吉诃德似的老头突然走进来买毛线手套。我从来没见过这个人（他的外貌很引人注目），因此便盯着他看。玛蒂小姐这当儿正在听店员讲话。这位陌生人身穿蓝色上衣，上面缀着铜扣子，下身穿的是褐色马裤，外面套着皮裹腿，他用手指弹着柜台等店员过来。当他回答店员“您要什么？”这句话时，我发现玛蒂尔德小姐猛吃一惊，一屁股坐了下来，我立刻便猜出这个老头是谁了。她要的料子在另一头，店员朝同事打招呼道：“詹金斯小姐要二先令二便士一码的黑素纺！”一听到这个名字，霍尔布洛克先生两大步跨了过来。

“玛蒂——玛蒂尔德小姐——詹金斯小姐！上帝保佑我的灵魂，我认不得您了！您好吗？您好吗？”他紧紧握住了她的手，证明他友情的诚挚。他不住地重复着那句话，仿佛自言自语似的。“我认不出您了！”他这态度，把我原先想要写出的温情脉脉的罗曼司都一扫而光了。

我们在店里的那段时间他不停地陪我们讲话；他向店员挥了挥手，要他把手套收起来，说：“下次来买，先生，下次来买！”

“您好吗？您好吗？”

接着便送我们回家。需要说明的是我那位出门采办东西的玛蒂尔德小姐也在同样慌乱的状态中走出了店门，红绸绿缎一样未买。霍尔布洛克先生对于遇见他青年时代的心上人显然十分高兴，他大声地说着话，提起这些年来的变迁，甚至还说到了詹金斯小姐："您那可怜的姐姐啊！唉！唉！谁又没有错处呢？"在道别时他一再说希望不久再和玛蒂小姐见面。回家后她径直走进自己房间，一直到吃茶点时才走了出来，看样子方才哭了一场。

第四章

到老单身汉家做客

几天后，霍尔布洛克先生送来一份请柬，用一种老派的正式文体请我们——一视同仁地请我们两人——到他家去做客——去玩上一整天；那时是六月时分了，白天很长。他说明他还约请了他表妹波尔小姐，我们三人可以同乘单马车去，他家是有处安置的。

我本以为玛蒂小姐对这一邀请一定会高兴得跳起来，谁知情况恰恰相反，波尔小姐和我费了好大劲才劝动了她。她以为不太妥当，我们觉得和两位女伴一起去看望看望从前的心上人毫无不妥之处，弄得她几乎恼火了。除此之外还有一大难处，就是她认为要是姐姐在世是不会赞成她去的。我们费了半天的唇舌才劝得她回心转意。她口气一松，我就连忙抓紧时机以她的名义写了张回柬接受邀请，并且差人送了去——把拜访的日期、钟点定了下来，免得横生枝节。

第二天一早，她要我陪她到店里去。我们左挑右拣花了好些时间，选出三顶帽子，吩咐送回家去试试，挑一顶最满意的星期四做客时戴。

去伍特莱的路上她一语不发，一脸心绪烦乱的神色。她显然从未去过那儿，虽然她做梦也想不到我已知道她早年的恋爱，我依然看得出她心中激动万分。她今天将要看到的那个地方本可以成为她的家，很可能她有许多少女时代的天真幻想与此地密切相关。那一段路挺长，马车颠簸着穿过铺着石子的小路，我们驶近了旅程的终点，玛蒂尔德小姐在座位上坐得笔直，满腹惆怅地望着窗外。当地安静宁谧，一派田园风光，伍特莱坐落在田野之中，那儿有一个旧式的花园，里面长满玫瑰和覆盆子，毛茸茸的芦笋映衬着粉红的石竹和紫罗兰。到大门口没有车道，我们便在一个小门旁边下了车，然后沿着一条两旁长满黄杨树篱的小道朝前走去。

“我想表兄该修条车道。”波尔小姐说，只有她还是戴着帽子，为的是防耳朵痛。

“我觉得这儿真美。”玛蒂小姐说，声音里带着一丝轻柔的哀怨，低得几乎听不见，因为就在这时霍尔布洛克先生出现在门口，兴高采烈地搓着双手，无比地殷勤。我觉得他和我心目中的堂吉诃德越来越像，不过这只是在外表上而已。一位体面的女管家谦恭地站在门口欢迎我们，她把两位年岁稍高的女士领到楼上卧室里略事休息，我则请求参观一下花园。这一要求显然使老先生大为高兴，他引我四处转了一圈，还领我去看了他的二十六头母牛，恰好以二十六个字母命名。我们一起漫步时，他时时触景生情吟诵起诗人的名句来，从莎士比亚、乔治·赫伯特①一直到当代诗人，范围之广真叫我惊叹不已。他的背诵总是脱口而出，无比自然，这些美丽的诗句极为贴切地表达了他此时此刻的感情。他把拜伦称为“我那位拜尔伦爵爷”，把歌德的名字按英语发音来读——“正如歌德所说‘你万世长青的宫殿’啊”，等等。直到今天我还从没见到过别的像他那样的人，在一个几乎与世隔绝的普通乡村里住了多年，但季节的寒来暑往和大自然的魅力却使他得到了越来越大的乐趣。

他陪我一同进屋时，饭已经在厨房快准备停当了——我把那间房子称为厨房，因为火炉边沿墙一溜是橡木柜和碗橱，只在石板地中央铺了一小块土耳其地毯。房里的炉子以及其他一些装置显然从不使用，而烧饭煮菜实质上是在另一间房里，离这儿有一段路。只要把炉子那类东西搬走，这房间简直可以布置成一个漂亮的黑橡木餐厅。原来准备招待我们坐的那个小厅摆设得太死板，很不好看。不过后来我们坐的是另一间，霍尔布洛克先生称之为账房间，他就是坐在门口一张大写字桌旁按星期付给雇工工钱。这间漂亮的房间朝着果园，房里树影婆娑，除去写字桌外，房里堆满了书籍，地上是书，沿墙是书，方桌上也是书。他很舍

① 乔治·赫伯特（George Herbert，1593—1633），十七世纪英国玄学派诗人。

得在书上花钱，对此觉得既害臊又得意。书是各种各样的，诗歌和神怪故事占大多数。显而易见他按着自己的爱好选择书籍，并不在乎它们是否经典或者是否流行。

“唉，”他说，“我们庄稼人本不该花多少时间去看书，不知怎的我总是熬不住。”

“多漂亮的房间啊！”玛蒂小姐低声说。

“这地方真是好！”我几乎同时开口说，声音很大。

“哦，你们倒喜欢，”他说，“请坐到这三角黑皮大椅上来吧。我觉得那间最好的客厅也及不上这房间。不过我总以为女士们还是比较喜欢那种时式房间的。”

客厅是比较时式的，但和其他时式的东西一样，却是一点也不漂亮有趣，一点也不舒适。所以在我们用餐时，女仆便将账房里的大椅子擦拭干净，饭后我们就坐到账房里去。

吃饭先上的是布丁，霍尔布洛克先生像是要为他这老派的待客之道打声招呼，他开口说：

“不知诸位是不是比较喜欢新式的礼节。”

“一点也不！”玛蒂小姐说。

“我也不喜欢，”他说，“管家总是要照她这种新法子。我跟她说我们年青时总是严格遵照父亲的规矩办事，‘先上汤再上肉丸，肉丸之后才是牛肉’。一开饭总是先上一道汤，然后才是板油布丁，那是放在肉汤里和牛肉一块煮的，下一道才是肉。尽管大家都喜欢肉丸子，但肉丸子一定要等喝了汤后才上，牛肉非要在用完了汤和肉丸子后才能上桌。现在时兴的是一上桌就吃甜食，把顿饭搞得乱七八糟。”

鸭和青豌豆上来时，我们手足无措地互相看了一眼，因为各人面前只有一把黑柄双尖叉，那钢倒是像银子般的雪亮，但是又有什么用呢？玛蒂小姐用叉尖头把豌豆一颗颗挑起来吃，就像阿美尼与食尸鬼欢宴之后吃米粒一模一样①。波尔小姐只能眼睁睁地看着盘子里美味的嫩豌豆叹气，因为她实在没法用叉子把豌豆叉起来。我瞧了瞧主人，只见他用圆头刀把豌豆一股脑儿铲起来往大嘴里送，我便学了他的样，倒也没有受伤送命！我那两位朋友虽然有了我的先例，却没有勇气也试一试这一不登大雅之堂的办法。霍尔布洛克先生一定是饿坏了，要不然他准会发觉那些美味的豌豆几乎连动也没动就撤了下去。

饭后送上来一支陶土烟斗和小痰盂。主人说要是我们讨厌烟味可以先请到另一房间去坐，他一会儿就来奉陪。随后他把烟斗递给玛蒂小姐请她代装烟丝，在他年轻的时候这是对妇女的一种礼节，可是对玛蒂小姐表示这种敬意却不太妥当，因为她姐姐使她养成了个脾气，对各种各样的抽烟一律深恶痛绝。不过这一举动尽管使她十分难以为情，另一方面又使她心中深感高兴，因为请她装烟是对她的一大恭维。于是她小心翼翼地把烟斗装满，然后我们便走了出去。

“和一位单身绅士在一起吃饭倒真有意思，”我们在账房坐定后，玛蒂小姐柔声说，“我只希望没有什么不妥当的地方，好些有趣的事儿往往不太妥当。”

“他有多少书啊！”波尔小姐打量着房里说道，“书上落了多

---

① 出自《一千零一夜》。

“请她代装烟丝”

少灰尘呀！”

“我想约翰逊大博士的书房一定也是这样，”玛蒂小姐说，“你表兄真不简单！”

“不错，”波尔小姐说，“他书读得极多，只是恐怕独身生活使他的举止有点儿粗鲁。”

“哎，粗鲁是言之过重了，我想只是有点儿怪罢了，绝顶聪明的人总是如此！”玛蒂小姐回答。

霍尔布洛克先生进来后，便提议到田野里去散一会儿步，但是那两位年长的女士怕湿怕脏，帽子上的头巾又不合尺寸，所以便谢绝了这一邀请。于是又只剩我和他一起出去。他说他得去照看一下地里的工人，他迈着大步走着，大概是忘记了我在他身边，要不就是刚才吸了点烟使他沉默起来——不过也不是一声不吭；他走在我前面，背微微有点驼，两手背在身后。一路上，每当树木、云彩或是远处高地牧场触动他的心弦，他就会自言自语地高声背诵起诗句来。他的嗓音雄浑有力，抑扬顿挫恰到好处，充满了真实的情感，说明了他深刻的鉴赏能力。在房子那一头，我们走到了一棵老杉树前——

“杉树投下葱茏的暗影层层。”①

“‘暗影层层’——妙极了！真是奇才！”我不知道他是不是在和我说话，但还是应了一句：“妙极了！”虽然我对这首诗一无

---

① 英国诗人丁尼生(A. Tennyson)的诗句。

“或是远处高地牧场”

所知，但是我不愿意让他忘记了我也在场，也不想老是一语不发。

他突然转过身来。“哈！您可以说‘妙极了’。唔，我从《黑木》杂志上看到对他诗集的评论，一个钟头之内就动身了，那天正巧马没空，我步行了整整七英里路到米塞尔顿去订购他的诗集。喂，三月里梣树的花苞是什么颜色？”

这人神经不正常吗？我想，他可真像堂吉诃德啊。

“您说，是什么颜色？”他起劲地又追问一句。

“我不知道，先生。”我老老实实承认自己一无所知。

“我料定您不会知道。我本来也不知道——真是个饭桶——直到这位青年人告诉我，我才明白。三月里的梣树花苞是乌黑的。我这辈子全住在乡下，连这点都不知道，更觉惭愧。是的，像乌玉一般黑，小姐。”他又拔腿走了，合着哼诗的节拍迈着步子。

我们回屋后，他坚持要为我们朗诵一下他方才提到的诗篇。波尔小姐对他的提议大加鼓励，我寻思这是因为她想让我们听听她夸耀过的他那悦耳的朗诵。可是事后她告诉我说这是因为她毛线恰好编结到一个困难的所在，想数一数针数，没法与人交谈。至于玛蒂小姐呢，不论他说什么她一概赞成。不过，他朗诵那首名叫《洛克斯莱厅》①的长诗还不到五分钟，她就打起瞌睡来了，就这么甜甜地睡了一会儿，旁人并没有看出来。老先生声音一停她就醒了，波尔小姐还在数针数，玛蒂小姐觉得该说上一两句话，便开口说——

“这本书多好看！”

---

① 《洛克斯莱厅》(*Locksley Hall*)，英国诗人丁尼生的长诗，诗中提到一个姑娘奉父母之命不得不与自己的心上人断绝来往。

“他朗诵长诗”

“好看，女士！美极了！岂止好看！”

“一点不错，我也是说简直美极了！”她说。他对她刚才用的那个词儿不满意，使她有点儿惶恐。“和我姐姐常读的约翰逊博士的美丽诗句简直一模一样——我把它的名字忘了，亲爱的，那叫什么来着？”她掉转头来问我。

“您指的是哪一首？咏的什么？”

“我记不清咏的什么了，它的名字我全忘了。不过是约翰逊博士写的，简直美极了，跟霍尔布洛克先生刚才读的真是相像得很呢。”

“我也想不起来了，”主人想了想说，“不过约翰逊博士的诗我不大熟悉，我得好好去读一遍。”

当我们上车回家时，我听到霍尔布洛克先生说，他很快就会登门拜访问候我们。他的话显然使玛蒂小姐既高兴又不安；不过随着那幢老屋渐渐从树丛中隐去，她对主人的印象逐渐淡薄下去，而另一种焦虑之情却越来越强烈。她担心玛莎会不守信用，趁她不在家约了“男朋友”来厮混。玛莎出门扶我们下车时面容恬静安详，看来一切正常。她一向小心翼翼地照应玛蒂小姐，不幸这天晚上她却说出了下面几句话：

“哎，好女士，晚上出门披的围巾这么单薄，和块棉布差不多。像您这个岁数，女士，您可要好好保重啊。”

“我这个岁数！”玛蒂小姐几乎发火了，她平时总是十分温和的——“我这个岁数！喂，你当我有多大岁数，竟然会谈起我的年纪来？”

“唔，女士，大约快到六十了吧，不过人们的眼力常常不准——我这么说并没有什么坏意呀。”

“玛莎，我还不满五十二岁！”玛蒂小姐一字一顿地说。或许是因为这一天她青春的回忆又生动地呈现在她眼前，她发觉那个黄金时代已经成了遥远的过去，心中不免感到无限的烦躁。

但是她从未谈及从前她和霍尔布洛克先生有过什么亲密的交往。也许这是因为她早年的恋爱得不到别人的同情，她只得把爱情紧锁在心中。自从波尔小姐告诉我之后，我当然不免留心起来，正是由于这种细心的观察，我才看出在那默默无言的哀愁之中她那颗可怜的心又是多么地忠诚。

她找了些借口告诉我她每天得戴上那顶最好的帽子。虽然她患着风湿病，她还是坐在窗前，躲在一边向下面的街道张望。

霍尔布洛克先生来了。他坐在椅子上，头微微俯着，巴掌摊开放在膝盖上，两腿叉开着。他问了问我们那天回家一路上的情况，吹了吹口哨，突然又跳了起来——

“噢，女士！要不要从巴黎带东西？我一两个星期后就要到巴黎去一趟。”

“去巴黎！”我俩全喊了起来。

“是啊，女士，我还从未去过呢，老想去一次。要是这回再不赶快去，那很可能根本就去不成了。这回等干草一进仓我就走，在收获季节之前动身。”

我们都惊诧得要命，想不起有什么东西要带。

就在他要跨出房门时，忽又转过身来，大声嚷着他最喜欢说的那句话：

“上帝保佑我的灵魂！女士，我几乎把正事给忘了。这就是您在我家那天十分欣赏的那本诗集。”他使劲从上衣口袋里掏出一个小包来。“再见，小姐，”他说道，“再见，玛蒂！好好保重身体。”他走出去了。可是他送了一本书给她，而且还称她玛蒂，三十年前他也是这么称呼她的。

“我倒希望他别去巴黎，”玛蒂尔德小姐担心地说，“他肯定吃不来青蛙①，他从前对饮食一向十分当心，那时他身强力壮，年纪又轻，居然会有这种习惯，真是奇怪。”

在这以后不久我便走了，对玛莎千叮咛万嘱咐，要她好好照顾她主人，如果她觉得玛蒂尔德小姐有什么不适要立即通知我。假使出现那种情况，我要赶来照看这位老友，我不会叫她知道是玛莎给我透露的消息。

就这样我常常收到玛莎一两行来信。大概是在十一月，玛莎来信说她主人“没有精神，不肯吃东西”，我很不放心，虽然玛莎信中没有明说要我前去，我还是收拾行装动身前往了。

我受到了热情的欢迎，自然，我的突然到来也引起了一番小小的震动，因为我仅在启程前一天才通知她们说我要来。玛蒂尔德小姐看来病势不轻，我立刻准备去安慰她、照料她。

我下楼先和玛莎单独谈了一会。

“你主人这副模样有多久了？”我站在厨房里火炉边问。

“嗯，怕有半个多月了。不错，是那个星期二，波尔小姐来过，那天她就成了这副没精打采的样儿，我以为她是累了，睡一夜就没事。哪知不行，从那以后她就一直是这副模样。我想得写信

① 法国人以喜食青蛙著称。

“这就是您在我家那天十分欣赏的那本诗集”

告诉您了，小姐。”

“你做得对，玛莎。有你这个忠心的仆人在她身边，真叫人放心。你一定也喜欢这个地方吧？”

“哦，小姐，女士待人厚道，吃的喝的样样称心，活儿也不多，我三下两下地就干完了，只是——”玛莎吞吞吐吐起来。

“只是什么，玛莎？”

“是这样，女士不准我交男朋友，这点好像太狠心。镇上小伙子这么多，好些人想来找我做伴。恐怕我再也找不到这样的地方了，真像是白白放走好机会呢。我认识许多女孩子，她们都瞒着女主人自己找男朋友。但是我有话在先，不能不算数。要不，这房子就是有男人进来，女士也不会知道，厨房里什么不能干啊——全是暗角落——藏什么人都行。我上星期六夜里寻思了一下——说实话我掉泪来着，因为我不得不把杰姆·赫恩关在门外。那是个稳重的小伙子，随你哪个女孩子都配得上。只是我对女士要守信用。”玛莎又要掉泪了，我实在没法多安慰她。我从过去的经验得知，詹金斯姐妹俩最怕女仆招引“男朋友”了。在玛蒂小姐目前这种多愁善感的状态中，她这份惧怕心理不像会稍许减少些。

第二天我去看波尔小姐，她完全没有想到我竟然会来，因为她这两天没去探望玛蒂尔德小姐。

“亲爱的，我和您一块回去。我答应把托马斯·霍尔布洛克的情况告诉她。说来伤心，他管家今天差人送信来说他活不了多久了。可怜的托马斯，到巴黎去一趟令他实在吃不消，他管家说自那以后他几乎再也不到地里去，老是双手摊在膝上坐在账房里，不看书，也不干别的事情，光是说巴黎是个多么了不起的城市。要是巴黎毁掉了托马斯表兄，那它将受到狠狠的谴责。托马斯可是世上少有的好人哪。”

“玛蒂尔德小姐知道他病了吗？”我问，对她的病因恍然大悟。

“天啊，自然知道！她没对您讲吗？半个多月前我一得到消息便告诉了她，真怪，她竟然没向您提起。”

我觉得一点儿也不奇怪，但我没有开口。我几乎觉得自己太罪过，因为我已经过分好奇地窥探了那颗温柔的心灵，我不想将它的隐私公之于世——玛蒂小姐相信那是不会有人知道的。我把波尔小姐引进玛蒂尔德小姐的小客厅，然后便抽身走开了，让她俩留在那里。吃饭时玛莎到我卧室里请我自个儿下楼用餐，说是女士头疼得厉害，不吃饭了，对此我丝毫也不觉得惊异。喝茶时玛蒂小姐到客厅来了，她显然是勉强支撑着。整个下午她为一种对过世的姐姐的非难之情苦恼着，对此这会儿她又觉得一阵内疚。好像是为了弥补自己的过失似的，她不断对我讲着她姐姐的往事，她说狄布拉年青时既聪明又善良，她们姐妹俩参加晚会的服装总是由她挑（玛蒂小姐和波尔小姐青年时代那些索然寡味的晚会，那么遥远的过去，不过是飘忽的幻影而已）；她又说狄布拉和母亲一起创办了济贫会，教女孩子们缝纫和烹饪；狄布拉有一回还和一位勋爵跳了舞；她常常到彼得·阿莱爵士家做客，曾经想使教区长的住宅变得同阿莱厅一样热闹，阿莱厅用了三十个仆人呢；有回玛蒂小姐得了重病，全亏姐姐长期护理了她，这是我以前从未听说过的，不过我推算得出来这事发生在霍尔布洛克先生求婚被拒绝之后。就这样整个晚上（那是十一月份，夜很长）我们都在柔声地追忆着过去。

第二天波尔小姐来告诉我们霍尔布洛克先生已经去世，听到这个噩耗，玛蒂小姐没作一声。由于前一天我们已听说他病情危急，对这个消息我们并不觉得意外。波尔小姐不停地念叨说他的去世真是太可悲了，指望我们和她一道来表示哀悼，她说：

“想想六月里那一天多么快活，他那时看起来气色挺好，要不是到那个老是发生革命的邪魔歪道的巴黎去，他再活十二年也不会死。”

她住了口等我们表态，我看到玛蒂小姐说不出话来，她浑身只是直发抖。我便说出了我真实的感想。波尔小姐坐了一会儿——我相信她一定认为玛蒂小姐听了这个消息相当镇定呢——便起身告辞了。

玛蒂小姐拼命抑制自己的感情——甚至对我也竭力隐瞒。此后她只字未提霍尔布洛克，她把他送的那本诗集和《圣经》一起放在床头小几上。她没料到我会听到她和克兰福镇的小女帽商讲的话。那天她向女帽商定制一顶和贾米逊夫人相仿的帽子，女帽商说——

“不过她戴的是寡妇的帽子呀，女士？”

“噢，我只是说那种式样，自然不是寡妇帽，只是比较像贾米逊夫人那种式样罢了。”

她极力克制内心情感，头和手都禁不住阵阵颤抖，从那以后我看到她有了这个毛病。

霍尔布洛克噩耗传来的那天晚上，玛蒂尔德小姐怔怔地若有所思，没说几句话。晚祷后她把玛莎留了下来，但是又站在那里迟

“上帝不许我让年青人心里苦恼”

疑着不知如何开口。

“玛莎，”她终于说，“你还年青——”她又住了嘴，玛莎等了好一会儿，为了提醒她话还没讲完，便向她行了个屈膝礼，并说：

“是的，女士，十月三日刚满二十二岁，女士。”

“唔，玛莎，或许你有一天会遇见一个你喜欢的年青人，他也喜欢你。我的确说过别引些男朋友盯在后边，不过要是你遇到这么一个青年，你告诉我，只要我觉得他为人正派，我不反对他每星期来看你一次，”她放低了声音，“上帝不许我让年青人心里苦恼。”她说话的口吻仿佛是在预防将来会有这类事情发生，玛莎立时立地的回答使她大吃一惊——

“那敢情好，女士，有个杰姆·赫恩，是个小木匠，一天挣三先令六便士，不穿鞋就有六英尺一英寸高。真的，女士。不信您明儿一早打听打听，人人都会夸他是个稳重的小伙子，我担保他明晚一准高兴来。”

虽然玛蒂小姐大为震惊，但她还是在命运和爱情面前让了步。

第五章

旧 信

我常常发觉几乎人人都会在某件小事上特别节俭，在这方面锱铢必较，连一个子儿也不肯多花，打乱了这个习惯比真正浪费成先令成镑的钱还要难受。我认识一位老先生，他有笔钱存在联合投资银行里，银行倒闭了，他对这个消息倒是

挺看得开；但是有年夏天，为了他家里的人从他那本已成废纸的支票本上撕了(而不是裁了)几页纸下来，他却闹了整整一个大白天。因为这么一撕使本子上和这几页相连的几页也掉了下来，老先生最爱惜的是纸片儿，这样无谓地糟蹋纸张比损失那一笔钱还要让他气愤。每有来信，他瞧见信封便老大不舒服，对这种宝贵物件大手大脚地使用使他难过得要命。唯一补救的办法便是耐着性儿把信封逐个儿翻个身，这样又好再用一回。现在他年纪大了，火气小了许多，但看见他几个女儿用半张纸而且只在一面上写三行字回复人家请柬，他神色便大大不以为然。我得承认我自己也有这种毛病，我最舍不得的便是小绳子。我口袋里老是装满了线团，一有小段绳子就捡起来绕在上面备用，而实际上却是从来都没用上。要是谁不肯耐着性儿一个结一个结地解开扎小包的带子，而是一剪子剪断它，我见到便觉老大难受。橡皮圈儿比小带子要贵重不知多少倍，我真不明白别人怎么舍得那样随便地用着橡皮圈儿；对我来说橡皮圈儿简直是稀世奇珍，我有一根半新不旧的，还是大约六年前在地板上捡的呢，我倒是想用了它，但总是下不了决心，我可舍不得这么浪费。

有人最宝贝小块的牛油，看到席上有的人总是舀了不少牛油到盘子里又吃不掉，他们心里便老大不高兴，气得话也不肯多说。你有没有见过他们在盯着那团牛油时的那种焦急(几乎是入了迷)的眼神？他们恨不能把那些剩下的牛油塞进自己嘴里囫囵吞下，免得看着别人浪费心烦。要是瞧见有人掰了一块面包(他本来并不想吃)，把原来剩在盘子里的牛油涂到面包上送进嘴里，他们便高兴得不得了，觉得这样才不算浪费。

玛蒂·詹金斯小姐最最舍不得的是蜡烛，我们总是想方设法，尽量节省。冬天的下午，她总要坐着打上两三个钟头的毛线——不论是坐在暗处或是坐在火炉边上她都行——我要收袖口，问她能不能按铃叫人送蜡烛来，她总是说："摸黑干干吧。"蜡烛常要到吃茶时才送上来，每次只点一支。因为我们时时都准备着晚上会有客来(实际上从来没有客人)，所以要想法让两支蜡烛一般长短，客来时这么一点，那看起来就像我们一向都用两支蜡烛似的了。平时我们就用那两支蜡烛轮流点，无论说话还是做事时，玛蒂总是习惯地盯着蜡烛，随时预备着跳起身来吹熄这支点上那支，免得两支蜡烛长短相差太大，到睡觉时还不能一般齐。

我记得有一晚这种节约蜡烛的方法使我特别恼火。我是十分不情愿这样"摸黑干"的，何况玛蒂小姐又打起瞌睡来，我不想去拨炉火，免得惊动她，因此我就不能够照平时那样坐在地毯上一边烤火一边借着火炉的亮光做针线。我想玛蒂小姐一定梦见了她早年的生活，因为她睡得不实，咕噜了一两句梦话，提到的人已去世多年。玛莎手执蜡烛端茶进来时，她一下惊醒过来，惘然地四处张望，似乎没有想到身边竟然是我们俩。她认出了我，脸上掠过一丝哀伤的暗影，但随即又对我露出平日的笑容。喝茶时她的话题老是扯到童年和青年时代。也许这一来使她想到要把家里的旧信翻阅一遍，把那些不该落到外人手里的烧掉。她常说要做这件事，但是又怕触及某些悲痛的往事，老下不了决心。不过这一晚喝茶后她便起身去拿信了——没有点蜡烛。她老夸耀自己房里布置得井井有条，摸得着路。看到我平时总要点上蜡烛到别的房里去拿东西，她脸上的神情总有些难受。她回转来时房里立刻

“玛莎手执蜡烛端茶进来时”

充满了顿加豆[①]幽雅的香气。我早发觉她母亲的遗物都有这种香气，许多信都是她母亲的——一扎扎泛黄的情书，还是六七十年前的呢。

玛蒂小姐解开包，叹了口气，但立刻又止住了，似乎是不该惋惜岁月的流逝，生命的消长。我们决定分头看信，两人从一扎信里各抽一封，看完后把内容告诉对方，然后再烧掉。我以前从没想到读旧信竟会这样叫人伤心，不过伤心的原因我也说不大清。信的内容是够轻松愉快的——至少那些早期的信札全是如此。字里行间给人以一切就在眼前的栩栩如生的感觉，这感觉是那么地强烈，似乎永远不会消失，那两颗互诉衷肠的火热而生气勃勃的心灵也似乎永远不会死亡，永远不会在这阳光普照的大地上化为一片虚幻。要是信件在这方面谈得更多些，我或许就不至于那么悲伤了。只见玛蒂满布皱纹的脸上老泪纵横，她不得不时时揩拭眼镜。我想这会儿另一支蜡烛总该点起来了，因为信上的字迹已经发白，我眼力不济，光线不足看不清楚。可是并不，尽管她泪眼迷蒙，她仍然没有忘记要节省蜡烛。

最早的一部分信件分两沓扎在一起，上面的标签是詹金斯小姐的手迹："先严与先慈婚前(一七七四年七月)来往信札"。我推测克兰福镇的教区长在写这些信时大约只有二十七岁，玛蒂小姐告诉我她母亲是十八岁结婚的。饭厅里挂了一张前教区长的像，上面是个庄重古板的老人，头上戴着巨大的假发，身披法衣，手搁在一卷他自己写的祈祷文上(他只出过这一本书)，联想到这个

---

① 顿加豆，出产于圭亚那，用作香料。

形象，读着这些信件可真是够奇怪的了。那些信封封都洋溢着丰富热烈的激情，句子简洁亲切，完全发自内心；而他那本在巡回审判期间对法官宣讲教义的祈祷书却完全是典雅的拉丁化的约翰逊文体，与这些信件迥然不同。他那位年青的未婚妻的回信与他的信截然相反，他急切地要她表示爱情，这使她有点着恼，她想不通同一件事他为什么要用各种各样的句子翻来覆去讲上好多遍。只有一点十分清楚，那就是她无论如何要一件白色凸花绸衣服。她有六七封信都是要求未婚夫设法让她父母(显然他们管教很严)替她置办这种那种衣服，而最要紧的就是白色的凸花绸。她要求他在信中指名说出一些喜欢的衣饰，这样她好把信拿给父母看。但是他对她的穿着毫不介意，信中极力说明在他看来她不论穿什么都是一样可爱。到后来看来他终于弄明白了，没有一份称心的嫁妆她是不会结婚的；于是接着寄上一封信，显然还随信附上一箱衣物，请她爱怎么打扮就怎么打扮。就是在这封信上第一次出现了一行娟秀的字迹："亲爱的约翰的来信"。我估计他们过不久便结婚了，因为书信来往就此结束了。

"我想得把它们烧了吧，"玛蒂小姐迟疑不决地望着我，"我一死便没人照管了。"她把信投进火炉，看着一封信着了火，化成一缕缕白烟从烟囱飞上去，再把另一封信放到火上，房里这时映得挺亮的。一颗刚健的心灵曾经倾注了那么多热情到这些信束里，望着它们封封化为灰烬，我和玛蒂小姐一样出了神。

下一封信同样也有詹金斯小姐写的标签："余诞生后外祖父予慈母之勉谕贺帖，外祖母嘱万勿使婴孩受凉"。

信的第一部分严肃地谈到了为母的责任，论据十分有力，外祖

“对法官宣讲教义的祈祷书”

父警告说茫茫尘世是罪恶的渊薮，出世两天的婴儿也须当心。老先生写道，他老伴不另写信，他不许她动笔，他说她脚踝扭伤，不便握笔。但在信纸下端附着两个小字“反面”，果然不错，把信纸翻转过来，背面是给“我最亲爱的莫丽”的信。信中嘱道，在她出房时不管怎样总要先上楼，不要先下楼。小宝宝的脚要用法兰绒裹好，要把宝宝放在火炉边上，虽然现在是夏天，但婴儿最娇嫩，不能受凉。

年青的母亲和外祖母常有书信往来。从信中看得出做姑娘时的虚荣心逐渐被对孩子的爱所代替。白凸花绸又像从前那样时时出现在信里，有封信里提到用它做了婴儿接受洗礼时穿的斗篷。有一回父母带婴儿到阿莱厅去住了一两天，便用了这件斗篷，斗篷使婴儿显得越发标致，小家伙成了“世上最最好看的小宝贝。亲爱的妈妈，可惜你没看见。并不是我遍（偏）心，我敢断定她长大了一定是个美人儿”。想到詹金斯小姐那张又黄又瘦布满皱纹的脸，我纳闷，不知她母亲在天上会不会还认识她。随后我想，是会认得的，因为她们在那儿都已化成了天使的模样了。

间隔了好长一段时间才又见到教区长的书信。他妻子在信笺反面注的字中换用了不同的称谓，从前是“亲爱的约翰的来信”，现在改成了“敬爱的丈夫的来函”。这些信的日期是在画像上画的那本祈祷文出版前后，给“法官大人”讲道以及“应各方请求出版”显然是他一生事业的顶峰，他必须去伦敦监督书的校印。在这之前他又去拜会了许多朋友，征求他们的意见，看哪一家出版商有能力应付如此繁重的任务，最后决定将这一无上光荣的工作交付列文顿印刷所。可敬的教区长似乎会时时兴奋得掉起文来，每封信他必定要插上几句拉丁文。我记得有封信他是这样收尾的："吾妻莫丽之高贵品质将永志于吾怀，dum memor，ipse mei，dum spiritus rigit artus"[①]，考虑到收信的那一方在英语语法和拼写上往往都有些小毛病，可见他是多么"将他的莫丽理想化"了。正如詹金斯小姐常说的，"如今人们常谈理想化，至于什么是理想化倒是无所谓的"。更有甚者，他还诗兴大发，写了一首古典派的诗，把他的莫丽写成"马利亚"。附有《驿夫》这首诗的那封信上背面有她的手迹："敬爱的丈夫赠希伯来诗一首，我本意(以)为会谈到宰猪之事，但没提起。勿忘：吾夫嘱将此诗送彼得·阿莱爵士。"教区长附言中谈到该诗已在一七八二年十二月份《绅士》杂志上发表。

她的复信都被丈夫像西塞罗[②]的书信集一样珍藏着。妻子来信把家中的情况、孩子的成长告诉丈夫，他这做父亲的越看越得意(不过妻子在看他的信时就不见得会这样满意了)。她告诉他大女儿天天做针线，针脚缝得很匀，还把爸爸要她念的书读给妈妈听；她真是个"通(懂)事"的好孩子，就是老爱问这问那的，妈妈答不上，为了不叫她看出来，只好假装拨火炉不理她，或是找件事把这个"通(懂)事"的孩子支使开去。玛蒂这会儿成了母亲的心肝，妈妈看得出来(像姐姐当年那样)她将来一定是个大美人。"小玛蒂就是长成一个美人儿，也不会爱出风头"，我把这两句话对玛蒂小姐大声读了出来，对母亲如此慈爱的期望，她微微笑着叹息了一番。

"亲爱的，我头发本来倒是十分漂亮的，"玛蒂尔德小姐说道，

---

① 古罗马诗人维吉尔(Virgil)的诗句，意为："只要我神志清醒，一息尚存。"

② 西塞罗(Cicero，公元前106—前42)，古罗马政治家、哲学家，以雄辩著称。

“嘴的样儿也不坏。”我随即看到她扶正了帽子把身子挺得直直的。

还是回到詹金斯夫人的信上来吧，她和丈夫谈起教区里的穷人，告诉他给病人吃了些什么常用药，又施舍些什么食物给他们增加些营养。她显然时常警告那些懒汉，说是再不学好她丈夫真要生他们的气了。她又频频向他询问牛、猪等杂务；我前面提到过，在这类问题上她总是得不到他的答复。

那本祈祷文出版不久，慈和的外祖母便去世了。那时又添了一个男孩子，外祖父寄来一封告诫信，语气更为严厉。因为这回是个男孩子，更要提防尘世的诱惑。他把世人种种罪恶尽数描写了一番，说是凡人一不留神便要堕入其中，到末了我禁不住奇怪世上男人是怎么得以从容善终的。看来外祖父大多数朋友和熟人的结局一定是上了绞架，所以他会把人生说成是“浸满了泪水的深渊”①，而我一点也不奇怪。

奇怪的是，我从未听说过有这么一个兄弟，想必他是早就夭折了，否则他的两位姐姐总免不了会提到他。

渐渐我们读到了詹金斯小姐的那几束信札，玛蒂小姐最舍不得烧掉她姐姐的这些信了。她说，别的那些信只有爱她父母的人才会觉得有趣，她不忍心让它们落到外人手里，因为外人对她慈爱的母亲、对她母亲的好处一无所知，尽管按现在的格式来说，她母亲在拼写上有时会出些小毛病。然而，狄布拉的信却是世间少有的！无论什么人读了都将获益匪浅。她多年前看过夏朋夫人②

① 英国诗人勃朗宁(R. Browning)的诗句。

② 夏朋夫人(H. Chapone，1727—1801)，英国女作家，写过许多散文，很受人推崇。

信差

写的东西，但她总认为狄布拉也完全写得出来。至于卡特夫人[1]呢，人们把她的信札捧得很高，只不过因为她写了《叙事记》，可她相信狄布拉决不至于会写出“我不会脑门儿发烦”这种俗气的句子来。

很明显，玛蒂小姐舍不得烧掉她姐姐的信，她也不愿让我就这么默默浏览一遍，漫不经心地跳过一些词句。她甚至点起另一支蜡烛，把信全拿过去，抑扬顿挫地放声朗读起来了，即使遇到长字眼儿也不打愣。老天！我一面听她读信一面想着，要是信里多谈些实实在在的话，少发些这样的感想意见该有多好！信整整读了两个夜晚，我得承认我利用这段时间思考了不少其他的问题，不过在她每一句收尾时我总打起精神注意听一下。

教区长和他的夫人以及他岳母的信全写得相当简练紧凑，行行写得笔直，每行间隔不宽，有时整封信就只有一张小小的信笺，信纸发了黄，墨水迹也变成棕色的了。玛蒂小姐提醒我有些信笺还是老式尺寸，角上贴着的邮票上是信差吹着号角策马奔驰。詹金斯夫人和她母亲的信用大张的红封皮纸包着，因为那时埃奇沃思还没有提出上流社会禁用封皮纸。从信上写的可以得知许多人都要求享受免费寄信的权利，有的没钱的议员甚至以此来抵偿债务。教区长封信总是盖上一方大大的纹章，他加封盖印十分仔细认真，说明他希望收信人小心裁开信封，而不是随随便便、很不耐烦地一撕了事。詹金斯小姐的信在格式及书写上还不算太老式，她用的那种方纸现在已不大流行了。她落笔算计得恰

① 卡特夫人(E. Carter, 1717—1806)，英国女作家，她与夏朋夫人都参加了“文学妇女”(即所谓 Blue Stocking Society)的集会。

到好处，虽然长词儿用了不少，但总是刚好将一页写满，然后再洋洋得意地把 t 的一横写上去。可怜的玛蒂被这点搞得头昏脑涨，因为词儿像滚雪球似的越写越长，到信的末尾詹金斯小姐更是爱用多音节的大词儿。在一封给父亲的信里，大概是神学问题上有点儿不同的看法，她说到了以土买族做犹太王的希律①，玛蒂读成了“爱特鲁族做犹太王的希律”，她还是满心得意，似乎念得一点儿也没错。

确切的日期记不清了，我只记得是在一八〇五年詹金斯小姐写了很多的信。那时她在泰恩河纽卡斯尔一带的朋友家做客，那些朋友和要塞司令相熟，从他那里大家得悉为防备拿破仑的入侵，部队正在进行准备。有人以为敌人将会在泰恩河口登陆。詹金斯小姐显然受惊不小，起初的一部分信件文字相当流畅，在信中她详尽描写了她去做客的那家为预防这一可怕事件所进行的种种准备：他们的衣物早已打了包，准备逃难到阿斯顿荒原（那是诺桑布兰和昆布兰之间的一块山地），当地为居民撤退和志愿队集合规定了信号——所谓信号就是（如果我没记错的话）教堂敲出特别的钟声报警。有一天，詹金斯小姐和主人一家正在纽卡斯尔参加宴会，突然真的响起了钟声（这种做法其实很不高明，就像寓言里那个说谎的孩子大叫“狼来了”一样），大家慌得乱成一团，直到第二天詹金斯小姐还是心有余悸。她写了封信描绘当时慌乱的情景，信末尾她定了定神写道：“亲爱的父亲，现在看来昨晚我们的恐惧在镇定而又好奇的人们眼里是多么不值一提啊。”读到这里，

---

① 希律（Herod），残酷的犹太王，听说耶稣降生，他心中害怕，便命人将伯利恒城和四境所有的两岁以内的男孩杀死，见《圣经·新约》。

“志愿队集合”

玛蒂小姐插话说——

“不过，说真的，当时这些情况根本不能算是大惊小怪，不值一提的。我常常要在夜里醒来好几次，总好像听到法国兵开进了克兰福镇。好些人议论着准备躲到盐矿里去，那里边肉倒是放得住，只是恐怕会口渴得要命。父亲为此事接连讲了好几次道。早上那几次总是讲大卫和歌利亚[1]的故事，鼓动人们在必要时拿起铁锹和砖块进行战斗。下午讲的道证明拿破仑（我们都习惯称他波尼）和亚巴顿或亚玻伦[2]并无两样。我记得父亲认为后面那一部分实在应该印刷出来，但教区里的人也许已经听得够了。”

彼得·马莫杜克·阿莱·詹金斯（玛蒂小姐称之为“可怜的彼得”！）那时还在希卢伯雷上学。教区长重温了一下拉丁文，提起笔来和儿子通信。孩子写的信显然有些装模作样的，信里满纸是美好的思想，他谈到了自己的学习，表现出各种各样的求知欲望，还不时从经典著作中引章摘句。不过儿童的本能的需求也时时从下面这类短句中泄露出来，这些句子显然是在信写好后匆匆忙忙加上去的：“好妈妈，千万送个蛋糕来，多加些柑子。”那位“好妈妈”的回复大概就是蛋糕和诸如此类的“好东西”，因为这一扎信里没有她写的回信。信全是教区长写的，看到儿子信里引用拉丁文他就像久经沙场的老马耳边听见了号角那样激动。我不大懂拉丁文，我觉得那只是使文章显得漂亮些罢了，并不怎么实用——至少教区长信里的拉丁文是这样。有一句是“汝爱尔兰地图

---

① 大卫（David）和歌利亚（Goliath），均为《圣经·旧约》中的人物，大卫是以色列国王；歌利亚是非利士勇士，后被大卫所杀。

② 亚巴顿（Abaddon）或亚玻伦（Apollyon），《圣经·新约》中无底洞的魔王。

没有标出该镇，但 Bonus Bernardus non videt omnia[①]，一如《谚语集》所述”。事情很清楚，没隔多久，“可怜的彼得”便遇到了倒霉的事，他在几封信里煞有介事地向父亲忏悔自己的过失。其中

① 拉丁文：“圣人也难免会出错。”Bernardus 是十二世纪基督教圣人。

有一张小纸条儿，写得潦草，封得马虎，地址也写得歪歪扭扭的，沾满墨水渍——“我最最，最最亲爱的好妈妈，我要做个好孩子了。真的，做个好孩子，千万别为我气出病来。您犯不着为我生气，但我要改好，亲爱的妈妈。”

读到这张条子，玛蒂小姐只是哭泣，再也说不出话来。她默默地把纸条递给我看，然后又起身把它拿回房里仔细收藏起来，生怕会不留神烧了。“可怜的彼得，”她道，“他老是碰上倒霉事，他太好说话，别人带他闯祸，让他挨骂。不过他也是太调皮，总喜欢开玩笑，可怜的彼得。”

第六章
可怜的彼得

可怜的彼得的前程早由那些好心的朋友们像画地图那样给规划得一清二楚，但是在这张地图上，也一样 Bonus Bernardus non videt omnia①。按照朋友们的计划他应该在希卢伯雷学校超群出众，满载着荣誉进剑桥，毕业后的生活自有他教父彼得·阿莱爵士安排。可怜的彼得，他后来的遭遇与这些计划和期望大相径庭。玛蒂小姐把这事一五一十地讲给我听，我想这一来她心头定然轻松不少。

彼得是母亲的心肝，做母亲的看来对子女个个非常溺爱，只是狄布拉学问高，她也许有点儿怕这个大女儿。狄布拉最得父亲的欢心，彼得使他失望之后，大女儿便成了他的骄傲。彼得在希卢伯雷唯一超群出众之处便是大家一致夸他为人最好，同时他又是学校里开玩笑的大王。他父亲大失所望，便立即采取果断措施进行补救，但请不起家庭教师，不过他可以自己来干。玛蒂小姐告诉我，在彼得开始跟父亲读书那天早晨，书房里摆了那么多词典字书，真令人望而生畏。

“可怜的母亲！”她说，“我记得她老是站在厅里，离书房门口不远，留意着我父亲的话音。我从她脸上就可以一眼看出彼得学习顺不顺当，有好长一段时间一切都挺不错。”

“后来出了什么事？”我问，“肯定是那讨厌的拉丁文吧？”

“不，并不是拉丁文。彼得本来很受父亲宠爱，因为孩子在他的教导下很是用功。但是彼得以为可以同克兰福人开开玩笑，寻寻开心，而大家都很不高兴，谁也不高兴。他总想捉弄别人。捉弄这个词儿不文雅，亲爱的，千万别告诉你父亲我用了这个字眼。可不能让他老人家说我白白地跟姐姐这样的人一块儿过了这么些年，到如今连文雅的词儿还不会用。你自己也万万不要用这个词，我真不明白我怎么顺口就说了出来，大概是因为我心里老在想着彼得吧，那时他老爱说这个词儿。不过在其他许多事情上

① 见93页注。

他都很正派，他和布朗上尉一样，最喜欢帮助老人和小孩。他不过就是爱开玩笑寻开心，他似乎以为镇上的老太太们是任什么都会相信的。那时候镇上住着不少上了年纪的女士，我知道，我们现在也算得上是有身份的女士了，但是不像我年青时镇上的那些有身份的女士年老。想起彼得的调皮事儿我就忍不住要发笑。算了，亲爱的，我现在不跟你讲了，你听了也许会觉得没有什么了不得的，但是那时的确让人十分吃惊。他有回甚至把父亲也给蒙住了。那回他打扮成一位路过本地的女士，要见见本地‘出版了那本对法官传道的大作’的教区长。当时父亲一点儿也没起疑心，甚至还主动提出要把那篇有关拿破仑·波拿巴的传道文抄下来送给她——给彼得，我是说——不，还是该说女士才对，因为彼得那时扮成女士的模样。彼得对我说，他爸爸说话的时候，他倒真给吓坏了，他从来没有那么害怕过。他没料到父亲竟会上他的当，然而，如果父亲不上当的话，那对彼得来说准会是件倒霉的事儿。不过到头来彼得也没讨到什么便宜，因为父亲吩咐他赶紧把十二篇传道文抄下来，好送给那位女士，其实也就是给彼得自己，他就是那位女士呀。有一回他想去钓鱼，便脱口骂出‘让那女人见鬼去！’——亲爱的，这可是句十足的粗话，可彼得平时就是这么不注意。父亲大发雷霆，差点把我给吓坏了。父亲还时时夸赞这位女士水平高，有眼力。父亲每夸一句，彼得就偷偷地在一边点头哈腰行屈膝礼，看到他这模样我实在是忍俊不禁。”

“你姐姐知不知道他这些花招呢？”我问。

“不，姐姐要知道了会吓一大跳，除了我谁也不知道。唉，要是彼得把他的想法全告诉我就好了，他有时连我也瞒住了。他老

“点头哈腰行屈膝礼”

说城里的老太太们希望有些闲谈的材料，不过我想未必如此，她们可以看《圣詹姆士纪事报》呀。那时报纸和现在一样，也是一星期出三回，我们现在不也有话好谈吗？我记得，几个老太太只要一碰头就会叽叽喳喳扯个没完，不过或许男学生们比老太太们更喜欢谈天。后来终于出了一个可怕的大乱子。”玛蒂小姐站起来走去打开了门，门外没人。她摇铃召来了玛莎，吩咐她到城那头的养鸡场去买些蛋来。

“你出去了我要把门锁起来，玛莎，你现在出门不害怕吧？”

“不，女士，一点也不怕，杰姆·赫恩巴不得能陪我去呢。”

玛蒂小姐挺直了腰板，女仆一走她就说玛莎还没出嫁，说话做事不该这样没分寸。

“亲爱的，还是把蜡烛吹熄了吧，借着火炉的亮光一样好谈心。行啦！喏，是这么回事，狄布拉到外地去了，离家约有半个月吧。我记得那天十分安静，四处听不到什么声音，一定是春天吧，因为紫丁香正在开花。父亲看教区里的病人去了，我还记得他戴着假发和宽边帽子，拿着手杖出了门。我真不知道是什么迷住了彼得的心窍，他脾气再好也没有了，但他好像总爱和狄布拉捣蛋。姐姐对他的玩笑从来不发笑，认为他没规矩，不肯用心学好，这使他很气恼。

“喏，事情好像是这样，那天他进了姐姐房间，穿起她的旧长衫，围上她的披肩，戴上她的帽子，打扮得跟她平时的穿戴一模一样，镇上人人都熟悉她这身装束。他又用枕头做了个小——你把门锁好了吗，亲爱的？这话可不能让别人听去——做了个小娃娃，外面套着长长的白衣服。后来他跟我说，他只是想让城里人开开心，并没想到这对姐姐会有什么关系。他就这样在花园里的榛树小路那边踱来踱去，在栅栏后面半隐半现的，把枕头当作小娃娃拍着摇着，嘴里学着人家哄孩子的样儿瞎哼哼。天啊！父亲像往日里那样一本正经地从街那头走来，一眼看见黑压压一小群人——我敢说有二十多人——从花园栏杆往里张望着，起初他以为他们是在看杜鹃花，花园里有株新种杜鹃开得正盛，他非常得意。他放慢脚步，好让他们多欣赏一会，他还在寻思能不能就这件事写一篇传道文，他认为杜鹃和原野上的百合之间一定有某种联系。唉！他走近前去的时候那些人一点也没有觉察，他这才感到有点儿怪。那些人脑袋紧紧挤在一起，拼命往里张望；父亲走上前去，说道他想请他们索性到花园里面去，欣赏一下他栽培的花卉。可是——噢，亲爱的，我现在想起来还害怕——他亲自通过栏杆往里一看，只见——我没法知道他以为他看见了什么，只是老克莱后来告诉我，他的脸刷地一下气得煞白，他双眉紧锁，两眼直冒火，他开口——啊，真可怕——他吩咐围着看的人留在原地，一个也不许走，一步也不准动，他飞快地闯进花园，冲上小路，一把抓住可怜的彼得，把他的衣服——帽子、披肩、长袍——统统扯了下来，又把枕头夺过来向围在那儿的人扔过去，他当时真是气愤到了极点，当着别人的面他举起手杖把彼得狠狠打了一顿。

“亲爱的，那天阳光明媚，一切本来是顺顺当当的。谁想到彼得会惹出这件事来，母亲的心都碎了，父亲从此就变了样儿。真的，老克莱说，彼得的脸色和父亲一样煞白，他站在那里像尊石雕似的一动也不动，听凭父亲抽打。父亲打得可真是厉害，打了一会儿，父亲住手歇口气，彼得开口说：‘打够了吧，先生？’声音沙沙的，还是站在那儿没有动。父亲有没有再说什么我就不清楚了。老克莱说，彼得朝站在栏杆外边的人转过身去，低低鞠了一躬，像个绅士般严肃庄重，然后慢慢走回屋里去。我那时正在储藏室里帮母亲制黄花草酒，我现在可受不了那种酒了，闻到那花的香味也难受，只觉得头昏恶心，就和那天一样。彼得走进来，像个成人似的一脸傲气——真的，不像孩子，像个成人。‘妈妈，’他说，‘我是来说，愿上帝永远保佑您。’我看到他说话时嘴唇直颤抖，一定是心里已打定主意了，不敢说什么更为亲热的话。母亲看着他，有些发慌，不知道出了什么事，便问他究竟怎么了。他既没有笑，也没有回答，只是张开双臂拢住母亲，不住地吻着她，仿佛他不知道怎么停止似的。接着，没等母亲再开口他就抽身走了。我们议论了一下，全都莫名其妙。母亲便吩咐我去找父亲，问他到底出了什么事，我看到父亲来来回回地踱着步，满脸阴沉沉的。

“‘告诉你母亲，我抽了彼得一顿，是他活该。’

“我不敢多问，便去告诉了母亲，她一下子坐了下来，晕了一阵子。我记得几天之后看见树叶堆上扔满了干瘪了的黄花草，已经腐烂发臭了。那年家里便没有制黄花草酒——从那以后再也没有制过。

“母亲立刻便去找父亲，我那时倒想起了以斯帖王后和亚哈随鲁王①来。母亲娇柔美丽，身体虚弱，而父亲就像亚哈随鲁王那

① 以斯帖(Esther)王后和亚哈随鲁王(Ahasuerus)，波斯国王与王后，见《圣经·旧约》。

“打够了吧，先生？”

么威严可怕。过了一会儿，他们一同走了出来，母亲把一切全告诉了我，还说父亲要她到彼得房里去和他把事情好好谈谈——不过父亲叫她不要说明这是他的意思。可是彼得不在房里，我们找遍了整个宅子也没找到他！父亲一开始不肯和我们一起找，过了不多久，他也忍不住来帮忙了。那幢房子是幢老宅子，上上下下的台阶很多，每个房间全是这样。花园里不见人，草棚里也找不着，到处都不见踪影。父亲派仆人分头去寻找，母亲起初只是不停地柔声呼唤着：‘彼得，彼得，孩子！是我呀！’好像为了让那可怜的孩子放心。不久，外出寻找的仆人都空手回来了，母亲的呼唤声越来越高，越来越慌乱。她叫道：‘彼得，彼得，我的心肝，你到底在哪儿呀？’这时她想起他那长长的一吻，明白了那是一种可悲的‘告别’方式！下午过去了，母亲没有一忽儿安静，尽管各个地方找了不下二十遍，她自己还要反复去寻找。父亲坐着，双手抱住了头默不作声，只有当外出寻找的人回来时才问几句话，仍然是毫无消息；他抬起头，脸上一副坚毅而悲伤的神情，吩咐他们再换条路线。母亲从这间房穿到那间房，脚步轻轻的一刻不停息。她和父亲都不敢走开，因为派出去找的人要在这里回话。最后，天要黑了，父亲站起身来。母亲慌乱、悲伤地从一扇门里穿过，又朝另一扇门急切地走去。父亲一把拉住她的手臂，母亲吃了一惊，因为那时候除了彼得她把什么都忘了。

“‘莫丽，’他说，‘我没料到会出这种事。’他盯着母亲的脸，希望得到她的安慰——母亲脸色惨白，神色狂乱。他们俩谁也不敢承认心底最害怕的事情，更不敢向别人明说这一点，那就是彼得已经寻了短见。母亲眼神慌乱，一脸茫然若失的样子。平日里，父亲总可以从她的面容上得到慰藉，但今天在她脸上再也看不到那种恬静的神情了。尽管父亲性格刚毅，但看到母亲绝望得一言不发，他的泪水禁不住夺眶而出。母亲一见他掉泪，脸上不由现出一丝温柔的神色，她说：‘亲爱的约翰，别掉泪，跟我来，我们会找到他的。’她口气轻松愉快，仿佛已经知道了儿子躲藏的地方。她那温柔的小手握住了父亲的大手，拉着他不停地、疲倦地走来走去，房间、花园全走遍了，泪水滴了下来。

“哎，我多么盼望狄布拉能赶快回来呀！我没工夫流泪，因为那时候似乎一切全靠我了。我写信叫狄布拉火速回家，还私下派人到那位霍尔布洛克先生家——你知道我说的是谁，可怜他现在也不在人世了，我并没有送信给他，而是派了个靠得住的人去打听彼得在不在他那里。有一个时期霍尔布洛克先生常到我家来——你知道他是波尔小姐的表兄——他待彼得很好，教他钓鱼，他一向对人都很好，我想彼得或许会在他家里。可是霍尔布洛克先生人不在家，彼得也没有到那儿去过。天已经黑了，门依然敞开着，父亲和母亲还是不停地走来走去，他们在一起走了不止一个小时了，但始终没说一句话。我叫人到客厅里生了火，又派人准备了茶点，好让他们吃些东西，暖暖身子。这时老克莱来找我了，他问我：

“‘玛蒂小姐，我到水闸那里把网借来了，您看是今天晚上还是明天上午到池子里去捞一捞？’

“我记得我当时愣住了，只是紧紧盯住他看，弄不明白那说的是什么意思。等我一弄明白，便尖声狂笑了起来。太可怕了，难道我们那个聪明可爱的彼得已经直挺挺地死掉了吗？现在我还能回想起我当时那阵笑声来。

“第二天我还没从那种狂乱的状态中恢复过来，狄布拉已经到家了。她就不像我这么软弱无用，受不起惊吓。我的叫唤声(我那阵恐怖的大笑到末了变成了狂喊)惊动了我的母亲。一旦子女需要照料，她那纷乱如麻的心绪便又立刻镇静下来。她和狄布拉坐在我的床边，从她们脸上看得出来彼得还是没有消息，没有那个我在半睡半醒的昏乱状态中最怕听到的吓人的消息。

“到处都找不到彼得，这倒使母亲稍稍觉得放心了些，我想她昨晚一刻不停地四处寻找，一定是担心彼得会在哪个角落里悬梁自尽吧。但从此以后，她那温柔的目光再也不同从前一样了，她的眼神总是带着一种若有所求的焦虑，像是要找什么东西，却又没法找到似的。唉，那段时间真是可怕，真想不到在那个紫丁香盛开的美好日子突然打下了这么个晴天霹雳。”

“彼得到哪儿去了呢？”我问。

“他到利物浦去了。那时正好有战事，皇家海军有些舰只泊在密尔赛河口，这么一个五英尺九英寸高的漂亮能干的小伙子来投军，他们当然求之不得。船长写了封信给父亲，彼得给母亲写了封信。等一下，那两封信一定还找得到。”

我们点上了蜡烛，找到了船长和彼得的来信，还发现另一封短信，那是詹金斯夫人写给彼得求他回家的，信封上开的地址是他的一个老同学家，她猜他或许会到他那里去。信原封不动地退了回来，也就被顺手夹在那沓信中一直没有拆开。信是这样写的：

“彼得，我的亲亲：我知道你决计想不到我们现在是这样悲伤，不然你是决不会走的。你是太好了。你父亲坐在那儿不断地唉声叹气，听得我心都疼了，他难过得头都抬不起来。他打你是因为他觉得这是他的责任，也许他太严厉了，也许我对你还不够好，但是上帝知道，我们是多么爱你，我们只有你一个儿子。你走了爸爸是多难过呀。回来吧，让我们放心快乐，我们是多爱你呀！我知道，你是会回来的。”

可是彼得并没有回来，从出事那天起他再也没见到母亲。上面这封信没有别的人看过，写信的人早已不在人世了。如今，想不到竟由我，一个外人，打开了它，这一切发生的时候我还没出世呢。

船长信上要父母立即去利物浦，这样还赶得上见到儿子。可是由于生活中的阴差阳错，船长的信不知在哪儿耽搁了几天。

玛蒂小姐接着说：“那时正在赛马，镇上的驿马全参加比赛去了。父亲和母亲只好乘上我们自己的单马车赶去——唉，天啊！他们太迟了——船已经启航了！我们来看看彼得给母亲的信吧。”

信中充满了爱与愁，对他的新生活感到骄傲，对在家乡当众挨打觉得伤心，但信的结尾却是急切恳求母亲在他出发之前来看看他：“妈妈，我们可能要去打仗，我希望把那些法国佬打个稀巴烂，但是出发之前我一定要再看看你。”

“可是她太迟了，”玛蒂小姐说，“太迟了。”

我们默默地坐着，出神地思索这些凄惨文字的一切含义，最后，我问玛蒂小姐她母亲是怎样忍受下来的。

“噢，”她说，“她真是太能忍了。她体质本来就不强壮，经受了这一次打击，她变得更虚弱了。父亲总是坐在一旁看着她，模样比她悲伤得多，母亲在他身边，他仿佛别的什么也看不见。父亲变得极为温和，极为慈祥，他有时说话也许还会像从前那样——发号施令——但是一霎时他又会走过来，抚着我们的肩膀，低声问他的话是不是伤了我们的心。他对狄布拉这样我倒不奇怪，她是那么聪明；但是他对我也同样如此，这真叫我有点受不了。

“不过，要知道，尽管我们毫无知觉，他却看出这件事会要了母亲的命，唔！会要了母亲的命（亲爱的，把蜡烛吹掉吧，没有蜡烛我还能讲得好些）。母亲身体柔弱，根本经受不住这么大的惊吓和打击。她对父亲总是笑脸相向，虽然没说多少话，却是以她的面容和声音给他以安慰，在他面前她总是装出一副快活的样子。她常说彼得既聪明又勇敢，她相信不久他会当上海军上将；她说她真想看看他穿着军装的样儿，再瞧瞧海军上将究竟戴什么样的帽子；她说彼得当海员比当神父合适得多。就这样，她想方设法让父亲相信她对那个不幸的早晨发生的事情、对那顿鞭打引出这么个结果十分高兴，我们都知道父亲是永远忘不了那顿鞭打的。可是，亲爱的！当母亲独个儿待着的时候，她哭得多伤心呀！后来，她身体越来越坏，当着狄布拉和我也忍不住要落泪。她老和我们谈彼得（彼得的船先到了地中海，或地中海下游的某个地方，而后又奉命去印度，当时陆路还不通），她还说谁也没法知道自己的寿数，叫我们别担心她活不长久。我们倒不是担心，而是明白那是不会有多久的了，因为我们眼看着她一天比一天憔悴了。

“唉！亲爱的，我也真傻，现在还说这种话，很可能再过不久我就可以见到母亲了。

“想想看，亲爱的！彼得离家还不到一年母亲就去世了——就在第二天——母亲去世的第二天，从印度寄来一个包裹，这是她心爱的儿子寄给她的。包裹里是条柔软的大白披肩，四周还窄窄地滚了一道边，正是母亲生前喜爱的东西。

“父亲整夜坐在母亲遗体旁边，握住她的手。我们想这件事或许会给他一点安慰，提一提他的精神，于是狄布拉把包裹和彼得给母亲的信一股脑儿递给他。他起初没有理会，我们俩装出漫不经心的样子，打开包裹赞了一番。父亲霍地站了起来，他说：‘就用这条披肩陪葬，彼得应该得到这种安慰，你们母亲也一定会高兴的。’

“唉，也许这不够理智，但我们又能怎么办，又能说什么呢？人在悲痛中只能由他去了。父亲拿起披肩，抚摸着，说道：‘她结婚时就想得到这样的披肩，你们外祖母没有给她。我后来才知道这桩事，不然她会得到的——会得到的——不过，她现在有了一条了。’

“母亲在长眠之中面容可爱极了，她生前就很好看，这时候她蜡黄的脸很甜美，看上去十分年轻，甚至比站在母亲身边发抖的姐姐还年轻。我们用那条柔软的长披肩将母亲裹了起来，她嘴角微微含笑，似乎很高兴。全镇的人都来了，都来要求见见她，因为大家都非常爱她。乡下妇女送来了一束束鲜花，老克莱的妻子送来了一些白色的紫罗兰，要求把这些花儿放在她的胸前。

“就在母亲下葬的那一天，姐姐跟我讲，就是有一百个人向她求婚她也不出嫁，她决不离开父亲。自然，不见得真有那么多人追求她——其实我根本没听说过有谁来求过亲。尽管如此，她那份孝心着实叫人钦佩。她那么孝顺父亲，这样的女儿恐怕真可说是空前绝后的了。父亲眼睛不行了，她便一本本地读书给他听，还替他写东西，抄文章，随时帮助他处理教区的任何事务。她能帮父亲好多忙，比母亲要多得多，有一回甚至替父亲写一封信给主教。教区里大家都看得出来，父亲深切地怀念着母亲。这并不是说他事做得少了，相反我觉得他比以前更勤恳、更耐心地帮助别人了。我尽量让狄布拉腾出身来陪伴他。我知道自己没什么能力，只能安安静静地做些零碎杂事，使别人好脱出身来。但是父亲也变了。”

“彼得回来过没有？”

“回来过一次，那时他当了中尉，并没做到海军上将。他和父亲亲热得不得了！父亲领着他走遍了教区每户人家，他太为彼得感到骄傲了。每回出门他总倚住彼得的手臂，狄布拉总是微微笑着（母亲去世后我们从来没有大笑过），说是她现在被撇在一边了。不过要写信，要读书或者是要商量什么事情，父亲还是要找到她。”

“后来呢？”停了一会儿，我问。

“后来彼得又回到海上。不久之后父亲也去世了。临终时他为我们姐妹俩祝福，谢谢狄布拉对他那么体贴孝顺。当然，我们的家境有了改变，我们不能再住在教区长的公馆里，用着三个女仆和一个男仆了。我们不得不迁到这所小房子里，只能用一个什么活儿都得干的用人。不过狄布拉说得不错，尽管环境迫使我们一切从简，我们过的还是上等人家的日子。唉，姐姐如今也不在了。”

“他和父亲亲热得不得了”

“彼得先生呢？”我问。

“噢，后来印度发生了大的战事——我记不得怎么称呼那场战争了——从那以后彼得就一直没有消息，我相信他已经不在人世了。一想到我们从来没有为他服丧，我心里就觉得不安。不过有时候我独个儿坐在家里，整幢房子静悄悄的，我仿佛听见街上传来彼得的脚步声，我的心会激动得怦怦直跳。可是脚步声总是打门口过去了——彼得再也没有回来。

“是玛莎回来了吧？不！亲爱的，我得出去一下，不点蜡烛我也摸得着路。我头有些疼，到门口吸一口新鲜空气会使脑子清爽些。”

她快步走了出去，我点起了蜡烛。她回转来时房里亮亮的，气氛也叫人舒畅些。

“玛莎回来了吗？”我问。

“是的，可是我刚要开门，却听到一种奇怪的声音，叫我很不舒服。”

“在哪儿？”我问，她的眼睛瞪得滚圆，一脸惊慌的神气。

“在街上——就在门外——听起来就像——”她支吾起来。

“谈话？”我插嘴问。

“不，像是在接吻——”

第七章

拜　访

一天上午，还不到十二点，玛蒂小姐和我正在做针线——玛蒂小姐还没有换帽子。她平时总戴一顶有黄缎带的便帽，那是她姐姐最好的一顶，只有在准备会客时才戴式样仿照贾米逊夫人的那一顶。这时玛莎走了进来，通报说贝蒂 · 巴尔格小姐求见，玛蒂小姐答应了。就在巴尔格小姐上楼的当儿，她赶紧起身去换帽子。可是客人这次来访的时间有点反常，弄得她手忙脚乱，再加她又忘了戴眼镜，这样，也就怪不得她头上戴着两顶帽子走了出来。她自己一点没觉察，仍是心满意足地瞧着我们。恐怕

“心满意足”

巴尔格小姐也没有注意到，因为她也上年纪了，又一心一意想着这次来访的目的，只是不停地打招呼道歉，客气得叫人有点难受。

贝蒂·巴尔格小姐的父亲生前在詹金斯先生手下当教区书记。她和她姐姐在上流人家中当过贵夫人的贴身侍女，收入很不错，由此攒下一笔钱开了个女帽店，很受这一带女士们的照应。例如阿莱爵士夫人常常把自己旧帽子的式样给她们，她们马上照样仿制出售，很受镇上上流社会的女士们①的欢迎。我说上流社会的女士们，是因为巴尔格姐妹做生意很有些诀窍，她们总标榜自己和贵族人家“有交情”。她们的东西是不卖给出身低微的人的，许多庄稼汉的妻女都在巴尔格姐妹高级帽店里碰过钉子，宁可跑到那家杂货店去。那家店靠卖黑肥皂和烂糖赚了不少钱，店主径直到伦敦进货(店主先是说到巴黎，后来发觉顾客热心爱国，不肯学法国佬的穿戴，他就马上改口说伦敦)，他总是指着货色向顾客介绍说就在前个礼拜，阿特莱王后②戴着这么一顶黄蓝两色丝带滚边的帽子，威廉王还称赞它样子好看。

巴尔格姐妹俩从不扯谎，主顾又是经过挑选的，但是她们生意却是越做越好。姐妹俩都是极为克己的好人，我多次看见那位姐姐(她曾经做过贾米逊夫人的贴身女侍)端出一些美味的饭菜给穷人吃。只在一点上她们学上等人的样，那便是与地位比自己低的人“不相往来”。姐姐死后妹妹一理账，钱赚得着实不少，她便关了店不干这一行了。她也买了一头母牛(这点我上文已提过)，这在克兰福镇是有身份的标志，就像别的地方的人置马车一样。

---

① “上流社会的女士们”原文为法文：elité。

② 阿特莱王后(Queen Adelaide，1792—1849)，英王威廉四世之后。

她穿得比镇上哪一位女士都好，这个不足为奇，因为大家都知道，那些帽子和光怪陆离的丝带全是她店里的存货。她的店已经关了五六年，要是在别处她的装束很可能都算是过时货①了。

这回贝蒂·巴尔格小姐上门是来请玛蒂小姐下星期二到她家去吃茶。她也顺便请了我，因为我正巧住在玛蒂小姐家——不过我还是看得出来她有点儿不放心，因为我父亲搬到德伦布尔去了，这一来很可能去做“可怕的棉花交易”，那么就降低了全家的身份，够不上是“贵族社会”的人了。邀请前她左打招呼右赔不是，大大激起了我的好奇心，她说请原谅她“放肆”，出了什么事呢？她诚惶诚恐的样子真叫人疑心她把阿特莱王后送洗的花边交上之后，写信给王后讨收条呢；其实呢，她那么激动的原因只不过是她已经去请了她姐姐侍候过的贾米逊夫人罢了。她说她过去开过小店，玛蒂小姐能原谅她的冒昧吗？噢，我以为她一定是看到了玛蒂小姐头上戴着两顶帽子，准备给她指出来了。不，她只不过是想邀请玛蒂小姐和我到她家去。玛蒂小姐点了点头同意了，我原以为她在那么文雅地点头时对头上帽子的分量和高度一定会有所觉察，可是她仍旧是毫无知觉，因为她稳住了脑袋，十分谦和地继续和贝蒂交谈。要是她疑心自己的打扮有什么异样的话，她决不会这般自在。

“您是说贾米逊夫人也要去吗？”玛蒂小姐问。

“是的。贾米逊夫人为人真好，一点也不摆架子，她说她很乐意出席，只是提出要把小狗卡洛带来。我跟她说我别无嗜好，

---

① “过时货”原文为法文：passée。

最喜欢的就是小狗儿。”

“波尔小姐呢？”玛蒂小姐问，她关心的是打牌的事，卡洛是没法凑上一手的。

“我这就去请她，自然，总要先请了您才能去请她，女士，令尊是教区长啊。我不说假话，我一刻儿也没忘掉家父还是令尊手底下的人呢。”

“福列斯特太太一定也要去请吧？”

“要请福列斯特太太，真的，我想还是得先去请她，然后再到波尔小姐那儿。虽说她境况不如从前，但她娘家是泰勒尔家呀。大家都知道她和毕格劳厅的毕格家是姻亲。”

玛蒂关心的只是那一位打得一手好牌。

“费兹-亚当太太呢，我想——”

“不，女士，总该有个界限。我想贾米逊夫人是不愿意和费兹-亚当太太同席的。我本人对费兹-亚当太太十分敬重——但是她毕竟配不上和贾米逊夫人、玛蒂尔德·詹金斯小姐这种身份的女士做伴啊。”

贝蒂·巴尔格小姐向玛蒂小姐低低鞠了一躬，噘起嘴唇。她斜着眼神气十足地瞥了我一眼，似乎是说，虽然她从前开过女帽店，但她可不是个民主派，对等级界限她完全在行。

“能否请您尽量在六点半以前光临寒舍，玛蒂尔德小姐？贾米逊夫人在五点钟用膳，承蒙她赏光答应六点半前光临。”她微微屈膝行了个礼就出去了。

我预感到波尔小姐下午一定会来，因为一有了什么要紧事——或者说预料到什么要紧事——她总要来找玛蒂小姐商量。

“贝蒂对我说她只是精心挑选了几位客人。”波尔小姐和玛蒂小姐交换着情报说。

“不错，她也对我说来着，连费兹-亚当太太都不请。”

费兹-亚当太太是我上文提到过的本地医生守寡的姐姐。他们的父母原先在本地经营田庄，声望很好，对自己的社会地位也很知足。她娘家姓霍金斯，她兄弟就是现今镇上的大夫。霍金斯这个姓实在不雅，听了叫人讨厌。詹金斯小姐曾说，即使把霍金斯改成毕金斯[①]也不见得好多少。埃克塞特侯爵夫人的娘家是这个姓，她原先便叫莫丽·霍金斯。我们曾经指望能在他们两家之间找到点儿亲戚关系，但大夫一点不识好歹，他一口否认有这个亲。不过，如詹金斯小姐所说，大夫有个姐姐也叫玛丽[②]，他们很可能同一个祖上，因为同一族的人往往喜欢用相仿的教名。

玛丽·霍金斯嫁给了费兹-亚当之后，就搬走了，有许多年没在这儿住。由于她门第不高，平时与上流社会没什么来往，也就没人费神去打听她丈夫的底细，我们压根儿把那人给忘了，一直到他寿终正寝也没人提起过他。后来费兹-亚当太太又返回克兰福镇（波尔小姐说：“简直像头狮子那么大胆。”），她守了寡，但却很有钱，丈夫死后，她身上穿的是一身窸窣作响的黑绸衣服。詹金斯小姐说得不错，“其实她居丧期间应该穿毛葛料子才比较妥当”。

我记得克兰福镇名门出身的女士们曾经开了个会，讨论要不要上费兹-亚当太太的门。她住的那幢房子大倒是很大，但杂乱无章，在人们眼里住这幢房子的总是有身份的人家。因为七八十年

---

① 霍金斯（Hoggins）和毕金斯（Piggins）两个词前一半 hog 和 pig 都是“猪”的意思。
② “莫丽”（Molly）是“玛丽”（Mary）的爱称。

前有一位没出门的伯爵小姐曾经在这儿住过。我记得还有一种说法，认为总要学问渊博的人才住得进这房子，因为伯爵小姐吉恩有个妹妹叫安妮，嫁了北美战争时的一位将军，而这个将军曾写过一两出喜剧，至今伦敦剧院还上演呢。每次我们看到这两出戏的海报便会肃然起敬，觉得珠瑞巷[①]对克兰福镇优礼有加。不过，直到詹金斯小姐去世，对要不要去拜访费兹-亚当太太这件事还没有定下来。詹金斯小姐一死，再没人熟悉待人处世那套规矩礼节了。波尔小姐说得不错："城里上层社会大都是老小姐或者无儿无女的寡妇，如果不通融一下，稍稍放宽些范围，用不了多久我们这个社交圈子就要没人了。"

福列斯特太太也发表意见表示赞同。她说她总觉得费兹这个名字和贵族门第有关系。有个姓费兹-罗伊——她记得有几个王子就叫费兹-罗伊，还有叫费兹-克莱伦斯的，那是威廉四世那位好国王的儿子。费兹-亚当，这个姓并不坏呀！她以为那可能是"亚当之子"的意思。要是血管里没有些高贵的血液，那是不敢用费兹这个姓的。人的姓氏大有讲究——她有个表兄姓的开头是两个小写字母 ff，姓福尔克斯——他对开头字母大写嗤之以鼻，宣称那都是后来搞出来的新花样。他成亲前疙瘩得厉害，她总以为他要打一辈子光棍了，却不料后来在海滨竟然遇到一位寡妇法林东太太，姓氏也是用两个小写字母 ff 开头，他立刻就看上了她。她是大家出身，长得好看，又很有钱。"我那表兄"福尔克斯娶了她，就因为她的姓是用两个小写字母 ff 开的头。

---

① 珠瑞巷(Drury Lane)，伦敦剧院的集中地。

法林东太太和福尔克斯先生

费兹-亚当太太在克兰福镇住，不可能有什么机会遇见另一个姓费兹的先生，所以她定居在此并不是为了想嫁人。玛蒂小姐认为她很可能指望能挤进社交圈子，事情要能成功，这对前[1]霍金斯小姐来说当然是个颇为称心的升迁。如果确实如此，泼她冷水也就未免有点太狠心了。

所以大家都去拜访了费兹-亚当太太——唯有贾米逊夫人除外。在克兰福镇宴会上照面时她瞧都不瞧费兹-亚当太太一眼，以此表示自己身份的高贵。宴会时房里一般只有十个八个人，费兹-亚当太太又是个子最高最大的，每逢贾米逊夫人一进门，她总是立刻站起身来。贾米逊夫人一朝她那边转身，她就赶紧屈膝行礼——她屈得那么低，我想贾米逊夫人看到的一定只是她头上方的那片粉墙，因为她脸上的肌肉纹丝不动，就像根本没有看到她那个人一样。不过费兹-亚当太太却一直是毕恭毕敬的。

春天里天黑得迟，黄昏时天还很亮，三四位戴着帽罩的小姐在巴尔格小姐家门口碰了头。你知道什么是帽罩吗？就是蒙在帽子上的一幅头巾，恰如缚在老式游艇上的小帆一般，只是略微小些罢了。这副打扮总是使镇上的小孩又敬又畏，这会儿就有两三个小孩丢下手中的游戏，从那夕阳映照着的僻静小巷里走过来，呆呆地瞪着波尔小姐、玛蒂小姐和我发愣，我们也没有吭声。尽管巴尔格小姐在家里压低了嗓门，但她关照女仆的话依然够响的，我们在门外听得清清楚楚："等等，蓓基！我上楼去洗个手！听到我咳嗽就开门，马上就好。"

---

① "前"原文为法文：ci-devant。

果真如此，一分钟不到我们就听到了一种声音，既像打喷嚏，又像雄鸡啼，门随即打开了。门边站着那位女仆，双眼张得溜圆，看着一列高贵的帽罩静静地鱼贯而入，吓得发了呆。幸好她立刻就清醒过来，把我们引进一间小厅，原先那便是铺面，现在临时改作更衣室。我们在那儿解开别针，抖抖衣裙，对着镜子装出做客时的文雅的笑脸来，然后口里说着“您先请，女士”，大家争着往后让。我们请福列斯特太太走在前头，登上通往客厅的小楼梯。巴尔格小姐端庄而娴静地坐在那里，大概以为刚才并没人听见她那怪声怪气的咳嗽，刚才她使了那么大劲，喉咙一定还在作疼呢。福列斯特太太和气文雅，衣着却是比较寒酸，她被让在二席——就像阿尔培亲王[①]被安排在女王旁边一样——座位是好的，但不是首席。首席当然是留给尊贵的贾米逊夫人的，没多久她就气喘吁吁地爬上了楼梯，小狗卡洛尽绕着她的脚跟转，像是存心要绊她一跤似的。

这下子巴尔格小姐可真是心花怒放，得意极了！她拨了拨火，掩上房门，尽量靠近门口坐着，屁股只挨在椅子边儿上。蓓基端着沉沉的茶盘摇摇晃晃走了进来，我注意到巴尔格小姐非常紧张，生怕蓓基会不懂分寸，做出过于亲昵的举动来。她们主仆二人平日非常亲热，无话不谈，蓓基这会儿也想和她讲上几句体己话儿，巴尔格小姐急煎煎地想听，只是顾虑到她现在作主人的身份，不得不耐着性子忍住了。所以，尽管蓓基比划着，她只是佯作不知，装出还在同别人谈话的样子，不过接连两句话都是牛

① 阿尔培亲王(Prince Albert)，维多利亚女王的丈夫。

头不对马嘴。末了她忽然灵机一动，叫道："可爱的小宝贝儿卡洛！我怎么把它给忘了呢？来，跟我下楼去，也得给它吃点儿东西呢！"

几分钟之后她就转回来了，像方才那般温雅有礼。不过我敢说她一定忘了给那只"可爱的小宝贝儿"喂东西了，因为只要扔给它一两块糕饼，小狗便狼吞虎咽地吃下去。茶盘是堆得高高的，这点很合我的心意，因为我肚子真是饿了，不过我想另几位太太小姐很可能嫌它装得太满，有点儿俗气。我知道要是在自己家里请客她们是不会把盘子装得这样满登登的。但不知怎的，那满满一大盘食物也很快就不见了。贾米逊夫人无论做什么事都是不慌不忙的，这会儿正在慢条斯理地嚼着香子饼；我看了颇觉诧异，因为记得上回在她家吃茶时她说过她家从来不吃香子饼，她觉得香子饼有一股肥皂味，她总是用沙伏饼干①待客。不过，贾米逊夫人对巴尔格小姐不熟悉上流社会规矩并不计较，为了照顾她的感情，她不动声色地嚼下了三大块香子饼，脸上的表情和母牛恰无二样。

吃过茶之后出现了一个小小的难题。在座一起六个人，四个人可以凑一桌牌，另两个可以对打着玩玩。不过，除我之外(我很有些害怕和克兰福镇的女士们打牌，因为她们过于认真计较)，人人都想坐到牌桌上去。巴尔格小姐尽管嘴里说着她连黑桃爱司和小王都分不清，其实大家全看得出她也想要参加一手。正在这时突然响起一阵奇怪的声音，这个难题就迎刃而解了。要是说男爵

① 沙伏饼干是一种松饼干。

的媳妇也免不了会打呼噜，那么贾米逊夫人目下就是处在这种状态中。贾米逊夫人天生好打瞌睡，房里暖烘烘的，再加上安乐椅舒适极了，她便再也支撑不住，打起瞌睡来了。起初她还勉强地把眼睁开了一两次，下意识地朝我们默默地笑了笑，尽管她好心好意地想极力挺住，可是渐渐地她再也打熬不住，终于沉沉地睡着了。

“我真荣幸。”巴尔格小姐在牌桌上对三位牌友低声说。虽然她说自己不会打牌，她却把另外三个打得落花流水。“真荣幸，喏，贾米逊夫人在舍下竟肯那么随便，一点也不拘束，她给了我好大面子哟！”

巴尔格小姐让我以文学消遣，她给我找了三四本十一二年前出版的装帧精美的时装书籍，又特地给我搬来一张小桌子，点起一支蜡烛，对我说道她晓得年青人就爱看图画。卡洛也十分自在随便，它躺在主人脚边也打起瞌睡来，主人偶尔脚一动，它才惊醒过来。

牌桌上的气氛很活跃，四位女士头上的帽儿不住地颤动着，头几乎全凑到了桌子中央，大家抢着说话，尽管压低了喉咙，但还是又急又响，巴尔格小姐老是说：“嘘，请诸位声音放小些，贾米逊夫人在打盹儿呢。”

福列斯特太太耳朵不灵，贾米逊夫人又在打盹儿，要使讲话声音高低恰到好处可不是件容易的事。然而巴尔格小姐却把这件难事处理得十分圆满。她压低了嗓门把话儿向福列斯特太太重复了一遍又一遍，一张脸皱得怪模怪样的，想让福列斯特太太从她嘴唇的动作猜出她的话来。然后她又满脸和气地朝大家笑笑，轻声

“嘘， 请诸位声音放小些”

地自言自语着："给了我好大的面子哟！要是姐姐能活到今天该有多好！"

突然房门一下推开了，卡洛跳起来尖声吠叫，贾米逊夫人也惊醒了，或许她根本就没有睡着——她眼睛一睁便开口说，房里光线太强，她喜欢闭目养养神，可是对我们令人发笑的、愉快的谈话她都听得津津有味。蓓基又进来了，脸上兴奋得通红，又是一盘食品。"哼，讲究文雅的太太小姐们呀，"我想，"你们还受得了这么一下子吗？"这是巴尔格小姐早就吩咐备下的点心（我知道是她亲手做的，不过她却装出一副又惊又喜的神气，像是完全没有料到还有这道点心。她说："喂，蓓基，端上来的是什么东西呀？"），花样繁多，作为夜宵——扇贝煮牡蛎、加味罐头龙虾、果子冻，还有一道叫作"小丘必特"的冷盘（这是本地女士们最爱吃的东西，不过价钱很贵，只有盛典时才用），要是叫不出什么更为典雅古朴的名称来，我姑且称之为蛋白杏仁饼干浸白兰地吧。总而言之，这回待客的全是最高级的甜食。我们觉得还是大大方方认输的好，再也顾不得什么文雅不文雅了——照规矩是不该吃夜宵的，可是大多数不吃夜宵的人总会有这个感觉，那就是到了这种场合肚子总会觉得特别饿。

我想巴尔格小姐从前当侍女时一定喝过那种叫樱桃白兰地的东西，我们这几个谁也没有见过这种饮料。她劝大家喝一点儿，我们都有点儿畏缩——"喝一点儿，一小杯，女士们，请吧！吃过牡蛎龙虾之后呷上一两口比较好，牡蛎龙虾据说不大容易消化。"我们都把头摇得像个拨浪鼓似的。可是最后贾米逊夫人却不过情面，端起酒杯呷了起来，我们便全学了她的样。酒的味道还不错，就是很凶，为了表明我们都喝不惯，大家都拼命咳嗽起来，怪声怪气的——几乎和蓓基开门之前巴尔格小姐那一声咳差不了多少。

“真凶！”波尔小姐放下空酒杯说，“里面肯定有酒精。”

“只有一点儿——这样才放得住，”巴尔格小姐道，“您知道我们做蜜饯时常放些白兰地胡椒，我吃李子饼常会觉得微微有点儿醉。”

不知道李子饼会不会像樱桃白兰地那样使人多说话。贾米逊夫人原来一直不大开口，这会儿却推心置腹地告诉大家一件新闻。

“我那妯娌，格兰玛男爵夫人要住到我这儿来了。”

大家立即叫了声：“真的吗？”接着同时住了嘴。每个人心里都飞快地想起自己的衣橱，算计有没有合适的衣服好穿了去见守寡的男爵夫人。镇上不论谁家来了人，总会有一连串小小的应酬。这一回大家真是又快活又兴奋。

过不多久，女仆们提着灯来接人了。贾米逊夫人坐的轿子费了好些手脚才挤进了巴尔格家的穿廊，说它“堵住了路”真是一点也不假。两个抬轿的老头白日里当鞋匠，召来抬轿时便套上古怪的旧号衣——长上衣带着小斗篷，年代和轿子相仿，就跟荷卡斯[①]图画上画的差不多。他们俩很下了些功夫，前后左右挪动了好几次，才算把轿子抬出了大门，阒无人声的小巷里立即响起一串急促的脚步声。我们便戴上帽罩，别好别针；巴尔格小姐围着我们直转悠，要来帮忙，但是一想到自己以前侍候过人，她才没让自己显得过分殷勤，她巴不得别人能把她以前的身份忘个干净呢。

---

① 荷卡斯(W. Hogarth，1697—1764)，英国著名木刻家，画家。

轿子

第八章
“尊敬的夫人”

第二天上午——十二点刚过——波尔小姐就到玛蒂小姐家里来了。她假装此来只是为了谈些无关紧要的小事，但大家心中有数，她必定是有要紧话要说。果真如此。

“顺便提一下，您会笑我一点儿

也不懂事，不过，您知道，我实在搞不清我们该怎样称呼格兰玛夫人。对一般人只要称‘您’就行了，对她是不是得称‘尊敬的夫人’呢？我想了一个上午，还是没弄清楚叫她‘太太’好呢还是叫她‘夫人您’？您认识阿莱夫人，能不能费心告诉我和贵族说话到底该怎样称呼？”

可怜的玛蒂小姐！她摘下眼镜，又随手戴了上去，对阿莱夫人是怎样称呼的呢？她再也记不起来了。

“事隔多年了，”她说道，“哎呀！我真笨！我大概只见过她两回吧！我记得对彼得爵士是称‘彼得爵爷’——他常来看我们，阿莱夫人就难得来。狄布拉要活着立刻就会知道。‘夫人您’——‘尊敬的夫人’，听起来总不大顺耳，有点儿别扭。我原本没有想到，这会儿您一提，我也糊涂了。”

波尔小姐从玛蒂小姐那儿是讨不到什么好主意的了，因为她越来越狼狈，对称谓越弄越糊涂了。

“嗯，”波尔小姐说，“我还是去问问福列斯特太太吧。人一着慌也就想不起来了，不过无论如何不能叫格兰玛夫人笑话我们克兰福镇的人不懂上流社会的礼节哪。”

“亲爱的，请您回头路过时进来一下，告诉我一声你们商量的结果，行不？我相信，您和福列斯特太太商量下来总不会错的。‘阿莱夫人’‘彼得爵爷’。”玛蒂小姐又喃喃自语着，极力回想着这些老派的称呼。

“格兰玛夫人是谁啊？”我问。

“唔，她是贾米逊先生——就是贾米逊夫人故世的丈夫——的嫂嫂，也守寡了。贾米逊夫人娘家姓华格，她父亲做过总督。亲爱的，要是她们定下来用‘尊敬的夫人’这个称呼，我还得先在你身上试试，用这个称呼先来叫叫你，要不然头一遭这么招呼格兰玛夫人我一定会觉得很难为情呢。”

不料贾米逊夫人一来却帮助玛蒂小姐了却了这桩心事。我发觉她此次上门说的话极不像样，感情淡漠的人虽然不声不响，却比一般人傲慢无礼。贾米逊夫人此行就是来告诉玛蒂小姐她不大希望镇上的女士们到她妯娌家做客。虽然她话没直说，但意思却很明白。我也说不清到底她话是怎么说的，那会儿她不紧不慢地向玛蒂小姐解释她的希望，我真是越听越生气。玛蒂小姐虽然确确实实是上等人家出身，但是她也几乎没法理解贾米逊夫人的这种心情。原来贾米逊夫人希望她那高贵的妯娌以为她的交游只限于郡里的名门望族。我早已听出了她话中的含意，玛蒂小姐却还是摸不着头脑。

等她终于弄明白了那位高贵的夫人的来意，她对于这一番无礼的话并不动气，她神态安详庄重，着实叫人感动。她一点也不见怪，她的脾气太和顺了，不会生气。对贾米逊夫人这种做法她也并不觉得有什么不是，但是我知道她心底一定也有些想法，因此当她把话题岔开时，她的态度显得比平时更从容委婉。实际上两人中显得狼狈的倒是贾米逊夫人，看得出她巴不得话一说完就尽快告辞。

过不多久波尔小姐转回来了，气得满脸通红。“哼！真是岂有此理！贾米逊夫人来过了吧，玛莎跟我说了，谢绝拜访格兰玛夫人，哼！我从福列斯特太太家里出来，在半路上遇见了贾米逊夫人，她也跟我讲了。真叫人诧异，我是一句话也没说。真可惜，我刚才没有结结实实刺她两下子。我今晚是会给她点颜色看的。

格兰玛夫人只不过是个苏格兰男爵的寡妇！我到福列斯特太太家去翻了翻贵族名册，看这位要封在玻璃盒子里的夫人到底是个什么名堂，丈夫不过是苏格兰贵族——上院根本没他的席位——大概也是个穷光蛋。她自己呢，也不过是个姓康培尔什么的人家的女儿，排行第五。说来说去，您是教区长家的小姐，又和阿莱家沾杂，大家都说彼得爵士本来是可以封到阿莱子爵的。”

玛蒂小姐想劝波尔小姐不必介意，可是劝不过来。波尔小姐平素为人随和，脾气也好，这会儿却是气愤得不得了。

“今天早上我还特地去定做了一顶帽子备用，”她终于一语道破了她为什么会对贾米逊夫人的话生那么大的气，“等她那位苏格兰阔亲戚一走，看她打牌三缺一的时候可请得动我！”

在格兰玛夫人到克兰福镇之后的第一个礼拜日，我们走出教堂时都把背对着贾米逊夫人和她那位贵宾，聚在一起一心一意谈我们的话。既然不欢迎我们去会她，我们自然也不高兴正眼看她。不过每个人心底里都好奇得要命，想瞧瞧她到底是什么样儿。我们只好在下午问玛莎，聊以自慰。玛莎是个用人，她观看格兰玛夫人不会被人认为是想要巴结奉承，她自然尽情看了个够。

“噢，女士，你们说的是那个和贾米逊夫人在一道的小个子太太？我还当你们想要知道史密斯太太穿的什么衣服呢，她今儿结婚呐！”史密斯太太是屠户的新娘。

波尔小姐说：“老天！史密斯太太关我们什么事呀！”玛莎说了下去，她便住了嘴。

“坐在贾米逊夫人身边的那位小太太穿的是一身黑绸衣服，还有花呢牧童斗篷，那双眼睛又黑又亮，脸儿轮廓分明，很讨人喜

“聚在一起一心一意谈我们的话”

欢，不算年青了，不过看上去比贾米逊夫人小。她上上下下地打量着教堂，就像只小鸟，走出教堂时步子轻轻盈盈的，两手提着衬裙儿。听我说，女士，她就跟《马车和马》里的狄孔太太一模一样。”

“玛莎，别这么说！”玛蒂小姐说，“不尊重。”

“真的吗，女士？请您原谅。吉姆·赫恩也这么说来着，他说她可是位机灵的人儿。”

“该说夫人。”波尔小姐说。

“夫人，和狄孔太太一样。”

又过了一个星期天，我们仍然没有朝贾米逊夫人和她那位贵客看上一眼。大家顾自谈着对她的看法，自己都觉得这些话很不客气，甚至有点儿刻薄，玛蒂小姐显然对我们冷嘲热讽的口气很有些不安。

可能是这当儿格兰玛夫人觉得贾米逊夫人家不够热闹有趣；也可能是贾米逊夫人发觉郡里大多数名门望族全在伦敦，而留在此地的几家对格兰玛夫人的驾临并不见得怎么起劲，大事的起因往往并不引人注目，所以我也没法断定究竟是什么原因使贾米逊夫人改变了主意。那天她发出请帖请各位女士下星期二小聚一下，莫林纳亲自出门分送。这位管家从来不屑从别人家的后门进出，他把大门敲得比他主人贾米逊夫人还要响。虽然只有三份请柬，满可以揣在口袋里，可是他却挎了只大篮子，为的是给主人看看那有多大分量。

玛蒂小姐和我私下里决定我们不去，借口是家里有事：每逢星期二晚上，玛蒂小姐总是把上一星期的旧账单、信纸做成点蜡烛

管家莫林纳

用的纸捻子。因为她每星期一总是分文不差地把上礼拜的账结好，搓纸捻子的事便自然落到了第二天，这使我们有了合情合理的借口来谢绝贾米逊夫人的邀请。可是我们还没写好回柬，波尔小姐就一头闯了进来，她手上拿着一份请柬。

“哈！”她道，“哟，你们也收到请帖了。晚来总比不来好。我早就想同格兰玛夫人说不出半个月，她一定会想要跟我们来往的。”

“不错，”玛蒂小姐说，“请我们星期二晚上去。不过您那晚还是赏光带点活计到我这儿来喝茶吧。每个星期的那一天晚上我总是算算上星期的账，看看信，然后再把旧账单、信纸做成纸捻儿。我原想以此为理由婉言谢绝这次邀请，就说我家中有事无法前往，不过总觉得这个理由不够充分。您来了可就好了，我就可以心安理得了，幸好回条还没有写呢。”

波尔小姐一听这话，急得脸也变了色。

“您意思是不打算去吗？”她问。

“是的，不去，”玛蒂小姐安详地回答，“我想您也不会去吧。”

“我不知道，”波尔小姐答道，“不，我想还是去好。”她忙着说。看见玛蒂小姐满脸惊诧的样子，她又说：“喏，何必把贾米逊夫人的话当真，为了她生气才不值得呢。那反倒会降低了我们的身份，我才不高兴呢。要是让她以为她说的那句话气了我们十天八天，那不是恭维她了吗？”

“嗯，不管为什么事生那么长时间的气总是不好的，而且，或许她根本就没有想要得罪我们。不过换了我，决计说不出她上回说的那些话来，我真是不想去。”

“得啦，玛蒂小姐，您一定得去，您又不是不知道贾米逊夫人的脾气，我们那位朋友麻木得很，她才不像您这么感情细腻呢！”

“那天她来关照我们别去的时候，您感情好像也细腻得很呀！”玛蒂小姐不会说假话。

可是波尔小姐除了细腻的感情之外，还有一顶时髦的帽子急着要在别人面前出出风头。半个月前发狠说的气话她像是忘得一干二净，决心按照伟大的基督教义行事，宽恕仇人，不念旧恶。她一本正经地劝说了玛蒂小姐好久，最后说道她身为教区长的女儿，自有责任去买顶帽子出席贾米逊夫人的茶会。这一来回帖上“无法拜谒，怅歉之至”就此一变而成了“今蒙相邀，不胜荣幸”。

克兰福镇衣饰上的主要花费便是帽子，只要头上有一顶时髦的帽子，女士们便像鸵鸟一般再也不顾身子了。旧袍子、用了多年的白领子都无关紧要，女士们身上还喜欢到处别胸针，有的胸针上绘着小圆圈，有的像是小相框，里面嵌有头发做的陵庙垂柳，有的还用细布衬着绅士淑女微笑的小像。旧胸针是一成不变的装饰，新帽子则是赶时髦——巴尔格小姐有一回说得不错，克兰福镇女士们的打扮总是雅淡合宜的。

于是，在那个值得纪念的星期二傍晚，福列斯特太太、玛蒂小姐和波尔小姐便聚齐了，自然是戴着三顶新帽子和一大套胸针，其总数之多系克兰福镇向所未见。在波尔小姐的外衣上我就数到了七只，两只随便别在帽子上（其中一只是玛瑙蝴蝶，想象力丰富的人一定会当成是一只真蝴蝶儿），一只在围脖上，一只别住领子，另一只在当胸，还有一只装饰三角胸巾，最后一只在哪儿我就记不清楚了，反正总在她身上。

波尔小姐和一大套胸针

且慢讲她们的装束，首先还得提一下在路上聚齐赴宴的情况。贾米逊夫人住在城外一幢大房子里，一条算作街的土路直通门口，门前既无花园也无天井，房子这面一年到头不见太阳。当然，主人的房间在另一面，朝着一个漂亮的花园。房子临街这一面只是厨房、储藏室和用人的住房。据说其中有一间便坐着莫林纳先生，真的，斜斜望过去，我们常可望见他背朝窗口坐在那里，头上扑满了粉，领口和背心上也沾着粉迹，面前摊着《圣詹姆士纪事报》，一本正经地读着。在某种程度上，就是因为这个缘故，这份报纸总要隔好久才传到我们手里——报是大家合订的，只不过因为贾米逊夫人身份高些，报纸便先送给她。请客这一天，报纸迟到的事特别让人着急，因为波尔小姐和玛蒂小姐，尤其是波尔小姐急着要看看报，为的是要看些宫廷新闻，晚上好和贵族谈谈。波尔小姐说她抓住一切时机，五点钟便穿戴完毕，专门等着，看报纸能不能赶在她出门前送来，谁知这份报纸还在这儿呢。我们从窗下经过时，看到那颗扑满白粉的头正在从从容容地细读着。

“真是不像话，”波尔小姐气鼓鼓地嘟哝，“我倒要问问他，他主人出了四分之一的钱，难道就专为了他吗？”

我们都很佩服她有那股勇气，因为大家都很有些惧怕莫林纳。他好像念念不忘他在克兰福镇落脚其实是有失身份。詹金斯小姐是女性之中无畏的斗士，她在世时还常出面和他说几句话，但也只是平起平坐，没法将他当下人看。即使在他兴致好的时候，他也绷紧了脸，像只澳洲大鹦鹉，说话只是不客气地咕一两个字。我们请他自便，他却偏要走进厅来侍候；可又因为我们没叫他走，他满脸不痛快。我们几个只是抖抖索索地整理衣衫，准备去见主人。

上楼时波尔小姐壮起胆说了个小笑话，虽然是对着我们说的，但目的却是想讨莫林纳的好。我们都笑了起来，为的是装出一副自在的样子，同时怯生生地瞅着莫林纳，指望他不要见怪。可是他那张木头脸上纹丝未动，我们便立刻收敛起笑容。

贾米逊夫人的客厅可真不错，夕阳余晖照了进来，大方窗四周缠绕着鲜花，家具白底包金，并不是前一阵时行的所谓路易十四那种式样，满是雕花和贝壳。不，贾米逊夫人的桌椅上没有一点弯弯曲曲的线条，桌腿和椅腿四角笔直，自上而下一路细下去。除了火炉一圈放着四五张椅子外，其余全靠墙摆着。椅背上一道道横档漆得雪白，并且饰有金色的圆球，横档也好，圆球也罢，反正叫人坐着不会怎么舒服。漆得雪亮的方桌专供读书用，上面放着一本《圣经》，一本贵族名册和一本祈祷文。另一张折面桌放工艺品，上面有一只万花筒，一套会话片和猜谜片，用一根褪色的粉红丝带连成一长串，还有只盒子，上面画的和茶叶箱上画的惟妙惟肖。卡洛躺在精纺毛地毯上，一见我们进来就狂吠乱叫。贾米逊夫人站起了身子，朝我们每个人都没精打采地笑笑，表示欢迎，一面不知所措地望着莫林纳，似乎是要他安排我们就座，因为她自己是毫无办法的。莫林纳大概是认为我们会自己坐到炉边那圈椅子上去，便站着没动，不知怎的，那些围成一圈的椅子倒使我想起了萨里伯里的史前石柱群①。幸好格兰玛夫人来帮

① 史前石柱群是英国最著名的古迹，可能是史前居民祭祀太阳神的地方。

了主人的忙，而且，不知怎么一来，我们全舒舒服服、不拘礼节地入了座，在贾米逊夫人家里能有这种感觉，对我们来说还是头一回。现在我们有时间来好好看一看格兰玛夫人了。她正值中年，身材矮小，活活泼泼的，年青时一定十分漂亮，就是现在也很是好看。前五分钟里波尔小姐已上上下下把她的衣着估了个够。第二天她对我说：

“亲爱的，她身上的穿戴连花边全包括在内也只值十镑钱。”

贵族竟也会有没钱的，这个猜想倒很叫人快慰，也在一定程度上使我们对她丈夫从未在贵族院捞到过席位这件事不那么好奇了。起初听到那话时我们都觉得几乎有点儿像诈骗，那不简直是假充贵人吗？

一开始我们都默默无言，全在寻思该谈点什么才足以引起这位贵夫人的兴趣。做蜜饯的时节快到了，糖却涨了价，这可是当家人关心的事，要是格兰玛夫人不在场，这倒是个挺自然的话题。不过我们不清楚贵族是不是也吃蜜饯——更不用说知不知道蜜饯的制法了。格兰玛夫人看来也同我们一样的为难，不知该怎样打破这沉默。波尔小姐一向勇气十足，又最机敏①，临了还是她先开了口：

“夫人最近可曾进宫觐见？”她问，又朝我们扫了一眼，既有点儿羞怯，又很有几分得意，好像是说：“瞧，我这话说得多妙，完全切合对方的身份。”

“我从没进过宫。”格兰玛夫人说，一口苏格兰腔，声音倒是

---

① “机敏”原文为法文：savoir faire。

十分温柔好听。或许她觉得这样回答太唐突，于是接着又说："我们连伦敦也很少去——结婚后总共才去了两回。我娘家人口多。"（我知道大家一定想到她是康培尔家的第五个女儿）"父亲不能常带我们出门，连爱丁堡也不大去。诸位也许去过爱丁堡吧？"她自以为找到了一个大家全会感兴趣的话题，突然活跃起来。可惜我们谁也没去过，只有波尔小姐有个叔叔去那儿宿过一夜，据说那地方很不错。

贾米逊夫人一直在发急为什么莫林纳还不端茶上来，这当儿她嘴里嘀咕了一两句。

"亲爱的，还是我来拉下铃，好吗？"格兰玛夫人忙问。

"不，我想不必，莫林纳不喜欢别人催他。"

我们倒是很想喝茶，因为我们吃饭比贾米逊夫人要早。我猜莫林纳一定是要先看完《圣詹姆士纪事报》，然后才有空想到茶点的事。女主人坐立不安地扭来扭去，不住咕哝："真奇怪，莫林纳怎么还不把茶端来，他在干什么啊！"格兰玛夫人有点不耐烦了——当然，算不上是发脾气。一俟她那位妯娌稍一松口表示同意，她就用劲拉了下铃。莫林纳走进来，他那一本正经的脸上露出一丝惊讶的神色。"噢，"贾米逊夫人忙说，"是格兰玛夫人拉的铃，想问问茶的事。"

过了几分钟茶端了上来，瓷器十分地精致，碟子十分地古雅，面包和奶油十分地稀薄，糖块十分地小，贾米逊夫人特别俭省的东西显然就是糖。金银丝镶嵌的糖钳像把小剪刀，真没法把一整块像像样样的糖给夹起来。有回我想一下夹住两块小方糖，免得让人老看见我光顾糖罐，谁知只听当的一声掉下一块来，真是

“他那一本正经的脸上露出一丝惊讶的神色”

尴尬极了。不过在此之前还出了件小小的扫兴事儿。小银壶里盛着奶酪，大银壶里装的牛奶，莫林纳才一进门，卡洛就迎上前讨吃，我们虽说肚子饿得慌，但决不会伸手去讨。贾米逊夫人向我们打招呼，说是她得先喂一喂不会说话的宝贝儿。她调了一碟子牛奶和奶酪放在地上让它舔，接着便开口夸起她这只小宝贝儿精明懂事得不得了，它就是要吃奶酪，不肯光吃牛奶。这么一来牛奶就剩给我们了；我们一言未发，心想我们并不比卡洛傻。奶酪本来是我们的份儿，现在被它吃了个精光，主人还指望我们赞扬那只小畜生摇头摆尾的得意样子，这不是伤害了我们之后还要外加侮辱吗？

吃了茶之后便扯起了家常。在这之前格兰玛夫人做主又去叫了些面包和牛油来，真使我们感激不尽。这一彼此共同的需求使我们和她亲近多了，这一点要靠谈论宫廷趣事是做不到的。只有波尔小姐有点遗憾地说，她本指望能从进过宫的人口中听听亲爱的女王陛下的近况呢。

从面包和牛油上产生的友情扩展到了纸牌上。格兰玛夫人玩起 Preference① 来令人叫绝，打 Ombre② 和 Quadrille③ 也是一把好手。这会儿连波尔小姐也把“尊敬的夫人”和“夫人您”这两个称呼忘了个精光，她时而说：“梅花爱司，夫人！”时而说：“我看您手里有张黑桃爱司！”自自然然的，就像我们从来没有召开过隆重的“克兰福镇议会”探讨对贵族该如何称呼一样。

我们完全忘了对方是贵族，像她这种身份原是可以戴上冠冕

---

① 一种三人玩的牌戏。
② 一种三人用四十张牌玩的牌戏。
③ 一种四人用四十张牌玩的牌戏。

来参加茶会的。福列斯特太太竟向格兰玛夫人谈起一件小小的奇闻，这件轶事她的好友全都听过，不过贾米逊夫人却不知道。说的是她领子上那种好看的老式花边，那是她富裕日子的唯一遗物，格兰玛夫人对这种花边赞赏不已。

“嗯，”福列斯特太太说，“这种花边据说是外国修女做的，这会儿花再多钱也买不到，听说现在那儿也做不出来了。不过这回天主教开放法案①通过了，我想或许又能做出来了，这是不足为奇的。尽管如此，我还是万分宝贝这些花边，从来不敢交给侍女洗。”（上文说过，那是个从慈善学校领来的女孩子，叫成“侍女”好听点）“我总是自个儿洗。有一回真是好险。夫人您当然知道这种花边既不能上浆也不能熨烫。有人在水里加白糖来洗，有人加咖啡，洗出来变成黄色。但是我有个好法子，用牛奶洗，洗出来既挺括，又带奶油色。这花边还有个好处，一着水便缩成一团儿。您瞧，那天我把几条花边粗粗钉在一块儿浸进牛奶里便走出房了。糟了！等我回房时看见小猫爬在桌上，一副贼相，喉咙口像是哽着点什么东西咽不下去，看上去怪难受的。真的，我开始倒有点可怜它，口里唤着：‘咪咪，咪咪！’接着我朝桌上看了一眼，顿时发现杯子里空空如也，牛奶一滴也没剩下。我大骂：‘该死的猫！’气得打了它一巴掌，谁知这一来反而帮它把花边吞下去了——就像在小孩背上拍拍能帮他把噎住的东西咽下一样。我气得直要掉泪，但并不甘心罢休，反正它把花边吞进肚里也不会好过。可是不到一刻钟，那小畜生却若无其事地跑来，嘴里不住地打着呼噜，还想撩人

① 1780至1829年间，英国通过了一系列的法案，承认天主教合法，天主教徒与英国国教徒享有同等权利。

去抚摸它，我想就是约伯[1]看见了也受不了啊。‘哼，猫咪，’我说，‘你太没良心，还想来缠人！’突然我有了个主意，我赶紧打铃唤来了侍女，派她上霍金斯大夫那里，向他打个招呼，请他把长筒靴借给我用一个钟头。我觉得这事毫不足怪，哪知简妮回来说诊所里的那伙青年人一听说我要借靴子，全笑得前仰后合的。靴子借来后，我和简妮把猫的前腿缚得紧紧的，叫它不能抓人，然后我们灌了它一汤匙果汁，里面掺了（您可别见怪，夫人）一些吐酒石，然后再把它头朝下塞到靴子里去。我还记得那以后的半个钟头里我是多么焦急，我把猫咪抱到房里，在地板上摊了一条干净毛巾，过了一会小猫果真把花边吐出来了，颜色一点没变。我乐得真想吻它，简妮早已烧好开水，我们把花边在沸水里烫了一遍又一遍，又将它晾在薰衣草上晒干，然后我才再次把它浸到牛奶里去。夫人，您一定想不到这花边曾到小猫肚子转过一趟吧。”

这一晚我们得知格兰玛夫人打算在贾米逊夫人家住一个长时期，她在爱丁堡的宅子租掉了，又没有什么亲眷要她急着赶回去。总的说来，大家听到这消息都十分高兴，因为她给我们的印象很是不坏。从闲谈中听得出来，除了许多高雅的品格之外，她一点也没沾染上“铜臭”，这点也使大家很是舒坦。

我们各自的仆人来接我们了，贾米逊夫人问：“步行回去不太方便吧？”她送客时总要说这句话。她车棚里有马车，出门路再近也要坐轿子。大家自然回答：

---

[1] 约伯（Job），乌斯人，极富有，具有忍耐精神，他经受了神的考验，后用来比喻极能忍耐的人。见《圣经·旧约》。

“不，一点儿也不，夜晚多宁静多可爱！”“在这么愉快的茶会之后走走路也是一种休息！”玛蒂小姐还说了一句：“星星多漂亮啊！”

“您喜爱天文学？”格兰玛夫人问。

“不太喜欢。”玛蒂小姐答道，一时间倒有些弄不清天文学和占星学有什么区别，不过她的回答倒不算错，法朗西·莫尔[①]的占星预言她倒是读过，很觉有点儿吃惊。至于天文学，有一次她私下告诉我她没法相信也不肯相信地球是在不停地转动，一想到地球在转动，她就头昏体乏四肢无力了。

那晚我们穿着木套鞋特别文雅地慢步走回家，因为和“男爵夫人”一块儿喝了茶，大家都觉得优雅高尚了许多。

① 法朗西·莫尔（Francis Moore），生平不详，他于 1738 年出版过一本《非洲内陆游记》。

第九章

勃鲁诺尼先生①

就在上文提到的那些事件之后没多久，我接到家信召我回去，因为父亲病倒了。由于一心照顾父亲，那段时间我无暇顾及克兰福镇朋友们的近况。格兰玛夫人住在她妯娌贾米逊夫人家一定会觉得十分无聊，我不知道她在那儿是怎样消磨时光的。待父亲身体稍为好了些，我便陪他去海边休养，所以我像是与克兰福镇完全脱离了关系。在这大半年时间里，我完全无法得知那个可爱的小镇的消息。

十一月底，父亲已经完全恢复了健康，我们便从海边回了家。我收到玛蒂小姐的一封信，这封信写得真是叫人莫名其妙。许多句子只是开了个头，没有收尾；就像吸墨纸上的字一样，一句套着一句，乱成了一团。我所能看清的只是：问候我父亲，祝他早日痊愈；并请他多加珍摄，大衣应该从米迦勒节[2]穿到报喜节[3]；还要我告诉她头巾式无檐帽是否流行。她信中说不久镇上将有件热闹事，自从上回汪威尔马戏团的狮子来过后——那回有只狮子咬掉小孩一条胳膊——这还是头一回呢；那里有些世家很可能会来，她想穿戴得整齐些；她年纪不小，衣服是无关紧要的了，但总得有顶新帽子；听说头巾式无檐帽流行，能否请我在熟悉的帽店里替她带一顶来；噢，对了，她真粗心，几乎忘了要请我在下星期二到她那里去，届时她希望能让我痛痛快快消遣一番，具体情况她信里先不多写；只是她最最喜欢湖蓝色，信就这样收了尾。不过她又加上几句附言，说是不妨先把那件大事告诉我吧，有个意大利魔术师勃鲁诺尼先生定于下星期三、五两晚在镇上会堂演出精彩节目。

就是没有魔术师这回事，我也十分高兴到亲爱的玛蒂小姐那儿去做客。我极不愿意用一顶阿拉伯大头巾去糟蹋她那张温柔可爱的小脸，便替她挑了一顶中年人戴得好看的帽子，不料却使她

---

① “先生”原文为意大利文：Signor。

② 米迦勒节(Michaelmas)，纪念天使长米迦勒的节日，九月二十九日。

③ 报喜节(Lady Day)，天使将耶稣降生告知圣母马利亚的节日，三月二十五日。

大失所望。我一到她那儿，她就跟我走进了房，表面上是为了拨拨火，其实是想瞧瞧我带来的那个帽盒子里是不是湖蓝头巾；尽管我把替她买的那顶帽子托在手上转来转去让她欣赏，可是没用，她一心一意想要那种头巾式的帽儿。她脸上一副无可奈何的神气，说道：

“亲爱的，我相信您是尽了力了。这儿大家都戴这种式样的帽子，已经戴了有一年了。不瞒您说，我原想要式样新一点的，就像贝蒂·巴尔格告诉我阿特莱王后戴的那种头巾。不过这顶帽子确实也不错，亲爱的，恐怕淡紫的比湖蓝色的还更好些。唉，其实衣着好不好又有什么关系呢？铃在这儿，您需要什么就摇铃告诉我，大概德伦布尔还没有时兴头巾吧？”

说完之后，这位好心的老太太轻轻叹着气走出房门，让我好换身衣服。她告诉我已经约了波尔小姐和福列斯特太太晚上来聚聚，她知道我很累了，但还是希望我尽量能出席。我是当然要参加的，于是便匆忙打开行李穿戴起来。尽管我动作很快，但衣服还没换好就听见来了客，隔壁房里响起了嗡嗡的谈话声。一打开门，我便听见了这几句话：“我真傻，想从德伦布尔买什么上等东西。好人儿，她真是尽了力，这是不会错的。”尽管如此，我还是宁可她将德伦布尔和我骂上几句，也不情愿让一顶头巾把她弄得怪模怪样的。

在克兰福镇这三位女士中，老是波尔小姐会遇到各种各样的奇事。她有个习惯，一大清早便要到各家铺子里去闲逛，倒不是去买东西（偶尔买一轴线或是一段带子），而是去看看进了什么新货，等会儿好去告诉别人，顺便也搜集搜集镇上的新闻。她不声不响地各处闯，钻去刺探打听，要不是她外表斯文正经，别人很可能会骂她脸皮厚。这会儿，看到别人还在谈帽子头巾之类的零碎事儿，她便清了清喉咙；我们知道她一定是有什么重要新闻要说了，便都静了下来——在聊天时有的人常会一言不发，专等别人请他开口，因为他觉得别人谈的都是些无聊小事，他不屑多谈，只要别人好好请他开口，他自已肚子里的话才是无比要紧呢。有这么一个人坐在边上，还有谁会不识相尽是啰唆呢？波尔小姐要说的是这么回事：

“今天我跨出戈登的铺子后，便信步走进了乔治饭店，我那贝蒂有个远房表姐在那里当仆人。我想不妨去看看，回去好把她那儿的情况告诉贝蒂。饭店下边一个人也没有，我便上了楼。上面那个走廊通大会堂；玛蒂小姐，您一定记得那个会堂吧，我们在那里跳过小步舞。我随便踱了进去，突然发现那儿正在为明晚的演出作准备，房间用撑衣服的架子隔了开来，好几个帮忙的人正在往布景板上贴天鹅绒。屋子里暗暗的，很有些古怪，弄得我莫名其妙，我无意中走到了屏风后面，忽见一个绅士（道地的绅士，我敢担保）走上前来打招呼，问我可有什么事。他英文说得结结巴巴的，我不禁想起了《华沙的塔德斯》[①]、《匈牙利兄弟》[②]和《圣塞巴斯提尼》[③]。我正在琢磨这个人的来历，他鞠着躬把我送出房间。别忙，故事还不到一半。我下楼时恰好遇到了贝蒂的表

① 《华沙的塔德斯》（*Thaddeus of Warsaw*），英国女作家 J. 波特（J. Porter）所作的历史小说。

② 《匈牙利兄弟》（*the Hungarian Brothers*），英国女作家 A. M. 波特（A. M. Porter，即 J. Porter 之妹）所写的有关法国革命战争的小说。

③ 圣塞巴斯提尼，射手的保护神。

姐，为了贝蒂的缘故，我自然要停住脚同她说几句话，她告诉我方才那个人就是魔术师，勃鲁诺尼先生，他英语说得不好。正在这时，他也走下楼梯，经过我们身边时，还优雅地鞠了一躬，我也朝他还了礼——外国人很讲究礼节，我们不知不觉也会受到影响。等他下了楼，我忽然想起手套忘在会堂里了（其实好端端的在皮手筒里，但那时我就是找不到），我就走了回去。房间被大屏风隔成两半，沿墙只留下一条过道，就在那里，你们猜猜我又碰见了谁？就是我先前看到的那个人，他才从我身边走下楼呀。玛蒂小姐，您是知道的，那间房后面并没有别的门，但是他却从里边走了出来。他还是结结巴巴地用英语问我有什么事——当然，口气还是很客气。不过看来，他决计不肯让我走到屏风后面去。我自然提起手套的事，也真怪，就在那当儿我自己倒把它找着了。”

那么，波尔小姐的确是瞧见那位魔术师本人了！我们问了她一连串的问题：“他有没有胡子？”“年纪大不大？”“脸皮白不白？”“他是不是看上去——”我无法把这句话问完，只好换了个问法，“他相貌怎样？”总而言之，由于早上的奇遇，波尔小姐成了那一晚的主角，即使算不上头等重要人物（也就是说魔术师），但也相差无几了。

这一晚谈的话题便全是戏法、魔术、巫术、幻术。波尔小姐是有点持怀疑态度的，认为就是隐多珥的女巫①的法术也可用科学加以解释；福列斯特太太则是从鬼魂到报死虫②啦样样全信。玛蒂

① 隐多珥的女巫（Witch of Endor），见《圣经·旧约》，以色列王扫罗在率军与非利士人交战前去找隐多珥的女巫，要她召撒母耳的鬼魂来问吉凶。

② 报死虫是一种钻在木头里的甲虫，能发出敲击声，迷信的人认为是在预告某人死期将至。

“优雅地鞠了一躬”

小姐介乎两者之间，谁作结论她便信谁。我觉得她自然比较倾向于福列斯特太太一边；只是因为想到自己是詹金斯小姐的胞妹，她才对两边不偏不倚。詹金斯小姐生前从不许仆人把熔在蜡烛边上的烛油叫“裹尸布”，她只准叫作“卷布丁”，作为她的妹妹居然也迷信！那可是万万不行的。

吃过茶之后她们就请我下楼，到餐室里去把旧百科全书字母 C 开头的那一卷拿来，因为波尔小姐想要对第二天晚上的戏法找出科学上的解释。玛蒂小姐和福列斯特太太眼巴巴地想要凑副牌局，这一来便觉得大为扫兴，因为波尔小姐一心一意地钻研起那本书和上面的插画来，大家不忍打搅她。瞧着那两位女士满脸失望但却不作一声，我心中老大不忍，便故意打起一两个呵欠来。波尔小姐却是越看越上劲，她只是说：

“噢，明白了，原来是这么回事。用 A 代表小球，把 A 放在 B 和 D，不，放在 C 和 F 之间，把左手中指的第二个关节放在右手手腕上。唔，真是再清楚不过了。福列斯特太太，魔术、戏法只是字母上的把戏，让我把这一段念给你们听听怎么样？”

福列斯特太太请波尔小姐不要费神了，说是她从小就不习惯听别人念书，一点儿也听不懂。我一直在唰啦唰啦地洗牌，这当儿趁机把牌摔到桌上，就这样提醒波尔小姐该是打牌的时候了；她虽然有点不大情愿，但也只得勉强提出凑一桌牌玩玩。那两位女士脸上是多么高兴哟！只是玛蒂小姐起初心里有点不安，因为她觉得这样打断波尔小姐的研究未免有点过意不去，所以一开始她心总不在牌上，老是记不住牌。不一会儿她想出了个主意，她请波尔小姐待会儿把那本百科全书带回家去看，这一来她才算安下心来。波尔小姐自然是满口道谢，说等贝蒂提灯笼来接她时叫她把书顺便带回去。

第二天傍晚去会场前，我们心头只觉得一阵阵的兴奋。玛蒂小姐早早就上楼穿戴好了，在这之后她便一股劲儿催我。等我们一切准备就绪，却发现离开门时间还足足有一个半钟头，会场“准七时开门”，那儿离家只有二十码远。不过，玛蒂小姐说还是不要去做别的事好，免得分心忘了时间。因此她认为我们最好安安静静地坐在暗地里，坐到它六点五十五分。于是，玛蒂小姐打起了瞌睡，而我则结开了毛线。

出门的时间总算到了，在乔治饭店门口大路上，我们遇见了福列斯特太太和波尔小姐，后者又谈起了昨晚上那个话题，而且比昨晚更加起劲，她向我们说了一大通 A 啊 B 的，就像冰雹似的劈头盖脑地朝我们砸来。她还在信纸背面抄下了一两个“方子”——她这么称呼来着——是有关各种戏法的秘诀的，准备用来拆穿勃鲁诺尼的把戏。

我们先走进了会堂外边的衣帽间，玛蒂小姐在那面怪里怪气的古董大镜子前扶了扶那顶漂亮的新帽子，想起她前一回来此的情景，只觉青春已逝，不由得叹了一两口气。大会堂和饭店相连，是一百多年前郡里那些世家集资修建的，冬季他们每月来此聚会一次，跳舞打牌。不少郡里的美人儿都是先在这间房里跳小步舞，然后才参加夏洛蒂王后[1]宫里的舞会。据说根宁姐妹[2]中的

---

① 夏洛蒂王后(Queen Charlotte，1744—1818)，英王乔治三世之妻。

② 根宁姐妹即 Maria Gunning (1733—1760)、Elizabeth Gunning(1734—1790)，爱尔兰人，均以美貌著称。

一位曾以其美色使这儿增辉不少。有一件事倒是靠得住的：有位名叫威廉斯夫人的寡妇，又漂亮又有钱，就在这儿迷上了一个身材挺秀的年青画家。那时附近有人家请这位画家来画画，也把他带到这里来了。威廉斯夫人嫁了这么个漂亮丈夫，据说亲事结局并不美满。如今，这个会堂里可再不会有什么长酒窝的美人儿红着脸儿微笑，也不会有什么英俊的画家帽子挟在手臂下①，优雅地鞠着躬来赢得女子的欢心了。房子年代已久，显得很脏，橙色的油漆发了黑，墙上那些精美的雕花一块块地往下直掉石灰。尽管如此，这儿仍然有一种过时的贵族气息，对往事的回忆使玛蒂小姐和福列斯特太太精神陡增，她们迈着小步煞有介事地走进门去，仿佛周围仍然站满了绅士淑女，其实那时只有两个小孩子在合嚼一块太妃糖消磨时间。

我们在第二排座位边停住脚步，我正在纳闷干吗不再往前走，却听到波尔小姐问站在一旁的侍者说郡里的世家会不会来。侍者摇了摇头说是不会，玛蒂小姐和福列斯特太太便走上前去坐下了，我和波尔小姐坐在她们后面，四个人谈起天来。不一会格兰玛夫人和贾米逊夫人也到场了，她们也坐到了第一排，这样前面两排就被我们六个人占住了。一群群生意人也挤了进来，坐到后面板凳上；他们对我们这个颇有些贵族气息的圈子不由肃然起敬，不敢挤上前来。至少从他们说话和屁股坐到板凳上发出的响声中，我猜出是这么回事。绿色的帷幕老是不动，幕上有几个洞，里面有两只古怪的眼睛在朝外张望，像是老故事里说的壁毯里

① “帽子挟在手臂下”原文为法文：chapeau bras。

“煞有介事地走进门去”

的眼睛一般。我等得厌烦了，很想转过头去看看那些嘻嘻哈哈地说着话的人们，可是波尔小姐抓住我手臂，吩咐我不要回头，说是那样“不成体统”。我永远也弄不明白那“体统”到底是怎么回事，无非是些极其讨厌无聊的规矩罢了。这么一来，我们只好正襟危坐，目不斜视，定定地瞧着那撩人的戏幕；我们彼此间的交谈几乎也听不清楚，因为在公共场所大声说话，让人看到了也是有失身份的。最运气的还是贾米逊夫人，因为她竟入了睡乡。

幕布后面那两只眼睛终于不见了，幕布动了起来，半面先升了上去，另半面没有动，只好重新放下来，躲在里面的人费了些力气才把两块幕布同时拉起来。我们眼前出现一个身穿土耳其服装，神气非凡的绅士；他坐在一张小桌旁，眼睛直盯住我们看（我看得出来，就是方才从幕布后面向外张望的那双眼睛），神态从容安详，气度轩昂。我听到背后有人激动地说：“真像是神仙下凡！”

“这不是勃鲁诺尼先生！”波尔小姐断然说道。她声音不小，台上一定也听到了，因为那个垂着胡子的魔术师很不高兴地朝我们瞪了一眼。“勃鲁诺尼先生没胡子，”波尔小姐又说，“不过他也许很快就会出场。”于是她捺下性子等了起来。玛蒂小姐先戴上眼镜，又脱下来擦了擦，然后再戴上了加意观看。她转过脸来，有点懊丧地对我柔声说：

“亲爱的，那不是，戴着头巾呢！”

可是我们没有时间多讲话，台上那个人（波尔小姐称他为大土耳其人）站起身来向观众宣称他就是勃鲁诺尼先生。

“我才不信呢。”波尔小姐不服气地大叫。台上的人又庄重地看了她一眼，很有些不高兴。“我偏不信，”她更为起劲地叫道，

"勃鲁诺尼先生下巴上没有这些乱糟糟的胡子，那是个面孔修得干干净净的信基督教的绅士。"

波尔小姐声音不小，把贾米逊夫人惊醒了过来，她眼睛瞪得大大的，一脸全神贯注的样子。这倒使波尔小姐安静下来，台上大土耳其人才有机会结结巴巴地讲下去。他英语说得前言不搭后语，到后来他自己也觉得说不下去了，便开始表演起来。

这当儿我们可真是惊异极了，我真不明白他是怎样变那些戏法的。波尔小姐掏出一张张小条子大声读了起来——照她自己说也算是压低了嗓门，但大家都听得一清二楚——小条子上记着一张张"方子"，她照着方子解释说台上那些戏法并没有什么大了不起，但即使这样我们还是毫不开窍。不过，那大土耳其人却是气得要命，只见他紧锁双眉，满面怒容地望着波尔小姐；不过波尔小姐毫不在乎，照她的说法，穆斯林自然只会吹胡子瞪眼睛，不像样子。波尔小姐这里持着怀疑论的看法，专心致志于自己的方子和图解，对台上的表演嗤之以鼻；而玛蒂小姐和福列斯特太太则是看得目瞪口呆，奇怪得不得了。贾米逊夫人把眼镜不住地脱下戴上，擦了又擦，似乎是因为眼镜有毛病才使她看不出戏法的奥妙所在。格兰玛夫人虽然在爱丁堡见过大世面，但对这天的表演也大为赞赏；她完全不同意波尔小姐的说法，说是无论是谁只要稍为练一下都会变这几手。波尔小姐夸口说只要给她两个钟头研究一下百科全书，活动活动中指关节，台上的那一套她都可以照行不误。

到后来玛蒂小姐和福列斯特太太疑惑得害怕起来。她们俩窃窃私语。我坐在她们身后，她俩说的话我自然听得一清二楚。玛蒂小姐问福列斯特太太来看这种玩意究竟是否妥当，她不禁担心这种事儿保不住会把人引入——说到这儿便轻轻摇了摇头。福列斯特太太说她方才也想到了这个问题，事情这么怪，她也觉得有些不安；她一口咬定刚才面包里的那块手绢就是她的，不到五分钟前还在她手里捏着呢；她在奇怪那面包究竟是哪里来的，肯定不是达金铺子里的，因为达金还是教堂执事。突然玛蒂小姐转过半边身子来对我说：

“亲爱的，您反正不是本地人，别人不会说您闲话，您能不能瞧一瞧教区长可在场？要是他也来了，那就可以说教会是准许这个怪人变这套东西的，这样我心里便会踏实了。”

我朝四周望了一下，看到那位高个儿、又瘦又干的教区长正坐在一群小学生中间。那些男孩子把他和镇上的老小姐们远远隔了开来。他和蔼的脸上满是笑容，惊异得张大了嘴巴，他身边的那些小学生更是笑得咯咯作响。我便告诉玛蒂小姐说教区长满面笑容地批准了这次演出，这才使她安下心来。

我在前面从没提到过教区长海特先生，因为我年纪不大，生活上蛮过得去，没有什么烦心事儿，自然就和他没有什么接触。这位老先生从未娶妻，像个十八岁的大姑娘那样最怕别人提到他该结婚成家了；路上只要远远一看见女士们，他便会忙着冲进就近的铺子或者躲进人家过道里，因此他从不应邀去别人家打牌也就毫不足怪了。实不相瞒，我总疑心波尔小姐在海特先生刚来时死命追求过他；直到如今那股劲儿还是一点未减，因为她也活龙活现地学了教区长的样，就怕别人把她和老先生在一块儿提。教区长一心一意照应穷人，从中得到无穷的乐趣；这天小学生就是他

“教区长满面笑容地批准了”

请来看魔术的。这一回好心有了好报，小学生簇拥着他，就像一大群蜜蜂聚在蜂王身边一样。在他们中间他觉得无比安全自在，胆儿也就壮了起来，在我们走出去时他甚至还向我们鞠了一躬，波尔小姐假装没有看见他，只是一个劲儿地说话，要使我们相信这回是上了当，勃鲁诺尼先生根本就没有出场。

第十章
惊慌失措

自从意大利人勃鲁诺尼先生到了克兰福镇之后，本地出了一连串的事，那时大家总觉得同他有关，其实到现在我都没法说他真在其中插了一手。镇上突然传出各种各样的谣言，出了一两件盗案——名副其实[①]的盗窃，抓了几个人送到法庭审理去了，这事使得大家害怕起来。在玛蒂小姐家里，有好些日子我们夜夜都要到厨房、地下室巡查一遍。玛蒂小姐手持火钳走在头里，我拿着炉

“夜夜都要巡查一遍”

刷跟在她身后，殿后的是玛莎，她带着铁铲通条什么的随时准备报警。有时她不留神把那两件家伙碰在一起，当的一响，直吓得我们慌忙关门加闩，三个人挤成一团躲在一起，也不管那地方是小厨房呢还是储藏室什么的，一直要到惊魂稍定之后才走出来，然后加倍小心地继续巡逻。白天我们从店铺老板、乡下农民那里听来了各种各样奇怪的故事，说是深夜里有辆马车在城里到处转悠，马蹄上包着毛毡，车上的人一律身穿黑衣，一定是想要抢劫那些无人防卫的没闩门的房子。

波尔小姐自称勇敢大胆，主要就是她四处去搜集这些新闻，并且东拼西凑，渲染得十分怕人。虽然她口出大言，说是她倒想看看有谁胆敢破门而入，可是我们(至少是我)都不相信她真的愿意跟强盗打照面，我们发觉她向霍金斯大夫要了顶旧帽子挂在走廊上。玛蒂小姐特别胆小，她对此毫不掩饰，但她每天晚上仍然照例巡逻一遍——只是时间越来越早，到后来六点半钟便开始巡夜，七点一过玛蒂小姐便上了床，说是“好让黑夜快点儿过去”。

克兰福镇一向自诩是个道德高尚、民风淳厚的地方，绝不会有什么恶劣的违法行为。最近出的事使全镇人加倍感到是一种奇耻大辱；不过聊以自慰的是大家都一口认定抢劫犯绝不会是本地人，这些坏事一定是外地来客干的。家家户户都想出各种法子来防盗，仿佛是住在印第安人或者法国人当中一样。

最后这个比喻出自福列斯特太太之口，她父亲在北美独立战争期间在布哥尼将军②手下服役，丈夫又在西班牙和法国人打过

---

① “名副其实”原文为拉丁文：bonâ fide。

② 美国独立战争时的英军将领，于1777年率英军在萨拉托加投降。

仗。她总有个印象，那就是法国人确实爱小偷小摸，但说他们爱破门偷盗、拦路打劫则是谣言。她以前不知听谁说过法国奸细，印象极为深刻；这种看法时不时地会冒出来，那是再也改不掉的了。如今她的看法是：承蒙本地贵族人家不弃，住在镇市附近，镇上居民对此一向是感恩戴德的，他们素来懂规矩，十分珍惜自己的人格，决不至于做出这等不要脸的事情来。因此，偷东西的一定是外地人——岂但是外地人，说不定还是外国人呢——提到外国人，又有谁比法国人更为可疑呢？勃鲁诺尼英语说得结结巴巴，就像个法国人样子。尽管他像土耳其人那样戴着头巾，但是福列斯特太太就见过德·斯泰伊夫人①的像，也是戴头巾的；还有一个名叫狄农②的法国人，打扮就同那位魔术师登台演出时一模一样，可见法国人同土耳其人一样都戴头巾。毫无疑问，勃鲁诺尼先生是个法国人，是个法国奸细，是来刺探英国防卫薄弱的地方的，他一定还会有同伙。对那天波尔小姐在乔治饭店的奇遇——看到魔术师使分身法，她，福列斯特太太自有看法。法国人花样很多，天幸英国人对这些邪门歪道一无所知。那天她去看了戏法之后心里总觉得不是味儿，那是不该让人看的，尽管那天教区长也在场。总而言之，我们从来没有见到福列斯特太太那样激动过；她父亲和丈夫生前都是军官，对她的见解我们当然是不能等闲视之的。

我真不明白外面像野火那么四处传播的流言有多少是靠得住的，不过下面这件事在我看来倒是不假：离克兰福镇八英里有个

---

① 德·斯泰伊夫人(Madame de Staël，1766—1817)，法国小说家。

② 狄农(Denon，1747—1825)，法国作家、画家、考古学家。

小镇马顿，夜深人静时分有好些商店和住屋被人挖了壁洞，屋里屋外竟然没有一个人听到挖墙洞的声音。听到这个消息，玛蒂小姐绝望地说："锁啊，门闩啊，窗户上的小铃铛啊又有什么用呢？晚上到处查一遍也不顶事啊，这事只有会变魔术的人才做得到。"现在她也相信这是勃鲁诺尼干的了。

有天下午，大约五点钟光景，突然响起一阵急促的敲门声，我们都吓了一跳。玛蒂小姐吩咐我去关照玛莎千万先别开门，让她（玛蒂小姐）先到窗口去探探敲门的是什么人。她顺手提起一张凳子，再问敲门的是谁，要是楼下仰脸回答的人脸上蒙着黑纱，她就要把凳子朝他头上摔去。想不到来人是波尔小姐和贝蒂，波尔小姐手上提着个篮子走上楼来，一副心乱如麻的样子。

"当心些，"我想帮她提篮子，她说，"里面是盘子。我知道今晚一定有强盗要上我的门，玛蒂小姐，我这回只能求您让我在府上避一避了。贝蒂到乔治饭店和她表姐挤一挤，要是您不嫌，我就坐一夜也不要紧；我住宅离四邻太远，大声喊叫别人也听不见。"

"怎么了？"玛蒂小姐问，"什么事把你吓成这样？你看见房子周围埋伏着人了吗？"

"一点儿都不错！"波尔小姐回答说，"两个满脸凶相的人在我家门口慢慢转了三次。不到半个钟头之前又有个爱尔兰女叫化子险些儿闯进屋里来，贝蒂拦都拦不住，她硬说几个孩子没东西吃，要见见太太。瞧，她说要见'太太'，我走廊上分明挂了一顶男人帽子，该说'先生'才对头呀！贝蒂砰的一声关起大门，连忙跑上楼找我，我们把汤匙收集起来，坐在窗口等，看到汤姆·琼斯

“顺手提起一张凳子”

下班，我们便打招呼请他护送我们到镇上来。”

我们本可以得意一下，因为老是自吹胆大的波尔小姐也给吓成了这副模样；不过看到她原来也有着人所共有的弱点，我们心中很是高兴，也就不忍再使她难堪了。我满心情愿地让出了房间，和玛蒂小姐去挤上一夜。不过临睡之前两位女士又搜索枯肠地回忆起许多可怕的抢劫谋杀案件，听得我毛骨悚然。波尔小姐急于说明她本人对种种恐怖事件都有亲身经历，所以她的惧怕并非事出无因。玛蒂小姐自是不甘落后，两个人讲得一个比一个可怕。说来奇怪，这不由使我想起从前读过的一个故事，说是夜莺和歌手比赛唱歌，一个总想唱得比另一个强，最后那只可怜的鸟儿弄得筋疲力尽，掉到地上死掉了。

有一个故事后来让我害怕了好久，老是忘不掉。说是在昆布兰有一幢大宅子，主人一家都到伦敦去了。那天恰好逢集，家里仆人都跑出去玩了，只留下一个姑娘看家。突然来了一个小贩，请姑娘让他把一个沉甸甸的大包袱寄放在厨房里，说是他晚上来拿。那个女孩是猎场看守人的女儿，她一个人无聊，便四处找东西解闷，看到墙上挂着支枪，她便拿下来看看上面的花纹。不料枪走了火，厨房门又没关，子弹飞了进去，正巧打在那包袱上，立刻便流出一缕紫红色的血来。（波尔小姐对这一段得意非凡，每个字都拖得长长的！）至于下面小姑娘勇敢大胆地对付强盗的故事，她便说得很简单，因此我没有听清楚；仿佛是她把几块圆筒熨斗烧得通红，将那些强盗治走了，后来她把熨斗浸到油脂里才又发了黑。

那晚分手时我们个个胆战心惊，不知第二天一早会听到什么消息。我只是眼巴巴地盼快快天亮，我就怕昨天强盗躲在暗角落里，瞧见波尔小姐带着金银器皿到我们这儿来了，那样他们岂不更会把我们这所宅子作为他们的目标？

可是第二天，直到格兰玛夫人来访之前，什么事情也没有发生。火钳、通条之类照样叠在后门边没人动过，这是玛莎和我布下报警用的；只要外面有个猫儿碰一碰格子，这些铁器便会轰的一声倒下来，我曾经想过要是半夜真的这么轰隆一坍，那我们又该怎么办？真要那样，我劝玛蒂小姐还是把头钻在被窝里，因为这一来强盗便认为我们不会认出他们是何等样人，他们也就不会来杀我们了。玛蒂小姐虽然浑身发抖，却是不肯同意我这个办法，她说我们对社会负有义务，应该把强盗认出来；并且还要尽力逮住他们，把他们关到顶楼上，等天一亮再送官。

格兰玛夫人一来，我们几乎有点嫉妒她了。原来贾米逊夫人家昨夜倒真是有人光顾过了，反正在厨房窗口下的花坛上发现了男人的脚印，那地方照理是不会有人走的；卡洛整夜吠个不停，像是外边有生人。贾米逊夫人是格兰玛夫人叫醒的，她们拉铃通知睡在三楼的莫林纳。听到铃声，莫林纳头戴睡帽从栏杆上俯首往下看，她们把自己担心的理由告诉了他。他一听便回到自己卧室，锁上房门（第二天一早他说是因为害怕穿堂风），打开窗户探出头去勇气百倍地叫道：要是有强盗胆敢会他，他要揍得他们半死。不过，格兰玛夫人说得不错，他这句话对她们俩不见得有多大的安慰；因为强盗要到三楼，先得经过贾米逊夫人和她的房间，强盗不见得会那么好打架，放着现成的毫无防备的一楼二楼不抢，特地跑到阁楼上去打破房门找本宅的英雄交手。在客厅听了

“勇气百倍地叫道”

一会儿之后，格兰玛夫人便建议回房去睡，可是贾米逊夫人说她非得坐着守夜才放心。于是她用被褥包住身子暖暖和和地缩在沙发上，第二天一早六点钟侍女进房时发觉她睡得人事不知；格兰玛夫人虽说上了床，却是整夜不曾合眼。

波尔小姐一听说这事，便得意洋洋地大点其头。她知道这一晚克兰福镇准会出事，果然如此。强盗显然原先是打算抢她家的，后来看到她和贝蒂有了防备，把金银全带走了，便改变主意去光顾贾米逊夫人家。卡洛可真是条好样儿的狗，要不是它叫还不知道会出什么事呢！

说来可怜，卡洛没能再多叫几天。也许是因为那帮在周围一带骚扰的歹徒们怕它；也许是因为他们报复心重，因为那天晚上卡洛碍了他们的事，他们便对它下了毒；也许，照那些没有知识的人看来，是因为中风，因为它吃得太多，而运动又太少。总之，在那个出事的晚上之后的第二天，人们发现卡洛死了，它那可怜的四腿伸得笔直，做出奔跑的姿势，好像这样就能逃脱死神的追逐似的。

我们都很难过，这个老朋友对我们龇牙咧嘴地乱吠了这么些年，如今死得不明不白，真叫人心中十分不安。会是勃鲁诺尼干的吗？台上他一开口便会叫金丝雀当场送命，似乎有本领凭一句话就能置人死地，说不定他待在这一带就是靠这个本领来干各种各样的坏事呢！

我们在晚上交头接耳地胡猜乱想，一到早上大家的勇气又随着阳光一起回转了来。过了一个礼拜，大家从卡洛暴死引起的震动中恢复了过来，只有贾米逊夫人还不能忘怀。真可怜，自从丈夫死后她还从来没有这样悲伤过。波尔小姐说，尊敬的贾米逊先生在世时嗜酒如命，又时常和她斗气，因此卡洛之死可能对她打击更大。自然，波尔小姐说话向来有点刻薄。不过，有一点却十分清楚——贾米逊夫人非得换换环境才成。每当我们向莫林纳打听他女主人的近况时，他脸上的表情实在叫人担心，他总是摇着头，说是夫人食不甘味，卧不安席，实在不是好兆头。他这看法一点不错，因为这位夫人身体好的时候就只有两件本领，那便是既吃得下又睡得着。如果她食欲不振，睡眠不宁，那么准是心里烦闷，身上有病。

格兰玛夫人显然对克兰福镇很有好感，她不赞成贾米逊夫人到彻登汉去。她尽管没有明说，可是别人从她好几回的话里都听得出来，她认为这完全是莫林纳的点子；他在强盗上门那一夜吓破了胆，自那之后常常嘀咕要保护这么多的妇女责任实在不轻。无论怎样，贾米逊夫人还是由莫林纳陪着到彻登汉去了；家便交给格兰玛夫人看管，名为照应照应，防止女仆招引男朋友。她这么个监护人可真是够和气的；一决定她留在家里，她反觉得贾米逊夫人走掉倒真是求之不得。她爱丁堡的宅子已经租了出去，正好没房子住，因此要她照管妯娌这幢舒服的宅子，那当然是再好也没有了。

波尔小姐总是有意把自己描绘成一个英雄，因为她当机立断，逃开了那两个男子汉和一个女人。她把他们称为“杀人贼党”，把这几个人的外形越讲越神，每讲一次她总要添上些新的材料，把那三个人的相貌说得恐怖不堪。照她的说法，一个是大个子——后来越讲越高，几乎成了巨人，当然是一头黑发——渐渐说

“实在不是好兆头”

成披头散发，头发拖到了背上；另一个呢又矮又胖——后来说那人肩膀上长了个瘤，他是红头发——颜色越讲越深，最后说得简直和胡萝卜一模一样，她记得他一只眼有点儿歪——后来说眼睛斜得可怕。至于那个女人，她眼露凶光，像是个男子汉，一副泼妇相，极可能是男扮女装，最后她说那个女人下巴上还长着胡子，说话的声音和走路的姿势跟男人一般无二。

波尔小姐把那天下午的事向凡是来打听的人讲了一遍又一遍，心中着实得意；不过，也有人对自己被强盗抢这种事不觉得有什么光彩。霍金斯大夫在家门口受到了两个歹徒的袭击，那两个家伙躲在大门口的暗影里，大夫刚一伸手拉铃，仆人还没来得及开门，歹徒便手脚利索地按住他的嘴将他抢了个罄尽。波尔小姐一口咬定将来可以查出来这事就是“她那两个人”干的。听到这消息，她当天就上门找大夫检查牙齿，顺便把事情问个清楚。随后她又回到我们这里来，把她打听到的告诉了我们，这可是当事人亲口说的。在这之前我们被这个消息吓得六神无主，心中纷乱如麻，因为事情就出在昨天夜里。

“哼！”波尔小姐用力往椅子上一坐，每个自以为看透了人情世故的人都是这样，走起路来铮铮有声，往下坐时砰然一响。“哼，玛蒂小姐，男人总是男人。每个男人都想装得像参孙那样力大无比，狠得别人不敢动他一根毫毛；又想像所罗门[1]那样聪明，机灵得从来不会上当。您看好了，他们自吹凡事总有先见之明，但在出事之前又从来不肯打声招呼，告诉别人一声。我父亲是男

---

① 参孙(Samson)和所罗门(Soloman)，均为《圣经·旧约》中的人物，参孙为一力大无比的勇士；所罗门为以色列国王，以智慧著称。

“找大夫检查牙齿”

人，我对男子的脾气是一清二楚的。”

她说得上气不接下气，我们本想趁机附和几句，但是却不知道该说什么才好，更不明白是哪位先生惹下的祸，让男子遭到这一顿咒骂。所以我们只好煞有介事地摇了摇头，低声咕哝了一句：“真叫人不明白，真的。”

“喏，你们想想看，”她说，“我是冒了让他拔掉牙齿的危险到他那儿去的（我有只牙齿，牙医师老是想拔，我总是客客气气说好话，不让做大夫的下手）。想不到霍金斯大夫硬要充好汉，竟然不肯承认他昨晚遭了抢。”

“没有遭人抢？”大家同声叫道。

“谁说的？”看到大家竟然有几分相信，她动起气来，“我知道他是遭了抢了。贝蒂说得不错，他是不好意思承认。自然，在自己家门口被人抢不是什么光彩的事；可以肯定他是怕丢面子，给镇上有身份的人瞧不起，所以急着要掩饰。不过他哪里骗得了我呀！他说我听到的消息真是夸大得不成样子，其实只是上礼拜院子里食橱中少掉一只羊脖子，他还老着脸说那一定是猫儿干的事。我心中有数，这一定是那个男扮女装的爱尔兰人干的，他那天就编出孩子挨饿这段话来侦察我的屋子。”

我们便赶紧责怪霍金斯大夫不老实，并且以他为例把男人全都数说了一通，然后便回到波尔小姐进门时我们正在议论的话题上去。事情是这样的：玛蒂小姐才接到福列斯特太太一份请柬，请我们在她结婚纪念日去喝茶，每年到这个日子她总要请朋友聚一聚，时间定在五点钟，吃过茶后再打一圈牌。可是，今年外面不大太平，我们究竟是去还是不去呢？福列斯特太太说她对我们的出席不敢抱过大希望，因为她怕路上会出乱子；不过，她说，要是有个人肯坐轿子就好了，其余的人只要脚步加快些，便可紧紧跟在轿夫身后，这样大家便可安安稳稳到郊区奥弗她家中了。说她那儿是郊区未免过分了点，其实只是离镇上二百码左右的几幢房子，不过通到那儿去的一条小路暗暗的，没有什么行人。自然，波尔小姐家也会有这样一份请柬在等着她；所以，她来得正好，我们三人可以一起商量商量……我们心底里倒是很想婉言谢绝，可是又怕伤了福列斯特太太的心。她早年的生活并不怎么幸福如意，要是我们不去，那她只好孤零零地独自追忆往事了。多年以来，玛蒂和波尔两位小姐是每回都去的，所以这回她们满怀义气地决定照常出席，宁可冒险走那条乌黑的小路，也不能让朋友失望。

赴会那天傍晚，玛蒂小姐上了轿(因为她有点伤风，我们硬派她坐轿子)。轿门没关之前，她像个“盒子老头”①似的，老是伸出头来请轿夫照应，请他们无论出什么事都别放下轿子拔脚逃跑，丢下她一个人夹在轿子里给人杀掉。虽然轿夫答应了，我还是看见她绷紧了脸像是决心去赴死就义一般，她隔着玻璃朝我悲悲切切地摇了摇头，一副凶多吉少的模样。不过结果大家还是平平安安地抵达了目的地，只是有点上气不接下气，因为大家拼了命往前赶，奔过那条小路，我想玛蒂小姐一定给颠得够受的。

福列斯特太太对我们不辞危险前来看她满心感激，茶点准备得

① 一种玩具，盒子盖一打开，其中的玩具人就弹了出来。

“请轿夫照应”

特别丰盛。自然，一切规矩还是照常，对仆人送什么点心上来总是做出一副全然不知的样子。在这之后，只要打打牌便可将这一晚完美无缺地消磨过去了。可是不知怎的谈起一席极为有趣的话，使大家分了心，话题自然与本地的盗情有关。

由于这回冒着危险走过了那条乌黑的小路，大家觉得自己胆子并不算小；此外，又为了证明我们心胸坦荡，不像男子(即[①]霍金斯大夫)好说假话，我们各自谈起了最害怕的事情，以及自己所采取的应急措施。我承认自己最害怕的是从一张死板阴沉的脸上看人的眼睛，它们直直地瞧着你，还一闪一闪地发着亮。我害怕时不敢跑到镜子跟前去，实在没办法，也一定要把镜子翻过去，让它背面朝着我，我就担心会在镜子里瞧见身后暗处有两只炯炯发光的眼睛。玛蒂小姐在开口之前先给自己打了好一阵子气，最后才壮着胆子说出自己的秘密来。她说她从小就怕上床时床底下会有人来抓她的脚，年青时活动灵便，她总是老远就纵身一跳，双脚同时上床，免得给人抓住。不过狄布拉很讨厌这种做法，姐姐一向自负上床时样子文雅，所以她也只好不跳了。最近，特别是在波尔小姐家遭到歹徒光顾之后(我们越来越相信确有其事)，她那早年的恐惧又回来了。但是她可不想在上床前朝床底下望一望，万一有个面目狰狞的人蹲在那儿朝你瞧又怎么办呢？所以她想了个法子——不知我可曾注意到，她关照玛莎花一便士替她买了个小球，就是小孩玩的那种——每夜她都把球儿朝床底下滚过去，要是球从床那边滚了出来，那就说明一切正常；万一球不滚

---

① “即”原文为拉丁文：videlicet。

出来，她手里便紧紧攥住铃绳，随时准备高叫约翰或者哈利这类名字，让人以为会有男仆人前来帮忙。

对这个聪明的办法我们齐声喝了彩，玛蒂小姐得意洋洋地住了口。她瞟了福列斯特太太一眼，似乎请她介绍一下她的隐私。

福列斯特太太斜着眼睛看了波尔小姐一下，想把话题岔开去，她只是说她向附近农家借了个男孩子，同孩子父母说好，每天供他晚饭，另外再在圣诞节送他们一担煤，作为夜里雇他来的报酬。孩子一来她便把他的职责告诉了他，看到这个孩子很懂事，她便把少校(她故去的丈夫)的军刀交给他，吩咐他每夜好好放在枕头后边，刃口这面朝枕头放。那个小家伙着实精明，他一见少校的三角军帽，便说如果再把帽子给他戴，那么无论什么时候他都可以把两个英国人或者四个法国佬吓得屁滚尿流。不过她又一再叮嘱要紧的是他晚上一听到声音就要马上拔刀冲出来，戴帽子、穿衣服千万不能拖拉。我插嘴说叫他这么不分青红皂白地乱杀一通很可能要出乱子，要是简妮起来洗脸，他倒冲出来把她当法国人刺了一刀可怎么办呢？福列斯特太太说照她看这倒大可不必担心，因为小家伙睡得很死，第二天一早非要拼命摇撼或者泼上点冷水才能把他唤醒。她有时候想孩子睡得这么死一定是晚饭吃得过饱的缘故；说来可怜，小家伙在家总是半饥半饱的，她吩咐简妮每晚给他好好吃上一顿。

不过这并不是福列斯特太太最害怕的事呀，所以大家便催她言归正题。她住了口，拨了拨火，又剪了剪烛花，然后压低了嗓门说：

“怕鬼！”

“那个小家伙着实精明”

她望了望波尔小姐，似乎是说她已经和盘托出，在这个问题上她是决不让步的。她这种眼光本身便是一种挑战，波尔小姐便批驳说世上本没有鬼，所谓鬼其实只是消化不良、心理上的错觉以及眼睛的幻象所引起的，她还从费利埃和希伯特①两位大博士的书上引证了大量的论据。我上面提到过，玛蒂小姐是有点信鬼的，她说的几句话便都站在福列斯特太太一边，主人看到有人同情，胆儿越发壮了起来，便开口说鬼魂也是她宗教信仰的一个部分。她丈夫是部队里的少校，她自然明白什么可怕什么不可怕。总而言之，我从来没有见到老太太这样激动过，她一向温柔谦和，脾气再好也没有。这晚后来送上来的加糖甜酒也没能冲淡波尔小姐和主人之间的不和；酒一端上来，反倒使争论更趋热烈了。因为小姑娘简妮端着盘子趔趔趄趄地一走过来，她主人就要她证明就在不久之前的一个晚上，她在那条乌黑小路上——就是我们待会儿回家的必经之路——亲眼看到了一个鬼。

想到等会我们必须打那条小胡同经过，我心里老大不自在。尽管如此，简妮当时所处的地位却使我老是想要发笑；她活像个证人，而两位女士则像律师在随随便便地对她进行调查与盘问，问的都是些有诱导性的问题。最后我听出来的是，简妮确实是看见了什么东西，那绝不会是消化不良引起的错觉。她一口咬定看见的是个无头女鬼，穿一身白衣服。虽然波尔小姐带着一脸讥笑的神情瞪着她，但她看得出来主人心里对她很满意，说话便越发硬了。她又说见过这个女鬼的不仅她一个人，还有好些人都看见过，

① 费利埃（John Ferrier，1761—1815），苏格兰物理学家。希伯特（Samuel Hibbert，1782—1848），英国地质学家、古文物研究者。

“有诱导性的问题”

女鬼坐在路边扭着双手，好像难过得不得了。福列斯特太太时不时地望上我们一眼，满脸得意的神气；反正她过一会儿就可以舒舒服服地钻进被窝里去，不必去走那条乌黑的小路。

在我们穿衣回家时大家对那个女鬼只字未提，因为谁都不知道那个鬼的头和耳朵会不会就丢在附近，听得到我们讲话，更不知道那颗头同路上那个可怜的身躯还有没有什么精神上的联系。因此连波尔小姐也觉得对此还是不要妄加评论，免得得罪了路边那个悲哀的身体。至少我是这样猜测的，因为这晚分手时大家并不像平时那样有说有笑，而是个个扣紧斗篷，愁眉苦脸像是去送殡一般。玛蒂小姐把轿幔拉得严严实实，就怕会看到什么吓人的东西。不知轿夫是因为差使快完特别起劲呢，还是因为走的是下坡路，他们两个走得特别快，波尔小姐和我使尽了力气才算勉强跟上。波尔小姐紧紧攥住我的胳膊，不住地喘气，她只是央求："别丢下我！"说不出别的话来，有鬼也罢，无鬼也罢，我反正甩不掉她。谢天谢地，轿夫跑累了，到了赫丁来堤道岔路口停下来休息，这下我们才算喘了口气。波尔小姐松开我的胳膊，一把抓住轿夫说：

"绕道从赫丁来堤道走，好不好？小路太颠，玛蒂小姐身子不好吃不消。"

轿子里传出一阵瓮声瓮气的声音：

"哎，往前走！什么事，什么事呀？快点走，别停在这儿，我另加六便士。"

"我加一先令！"波尔小姐声音有点发抖，却是身份十足，"走赫丁来堤道。"

两个轿夫应了一声，抬轿便往堤道走去。承波尔小姐的情，玛蒂小姐的骨头少吃了不少苦头，因为堤道上是一层又松又厚的软泥，就是跌下去也毫无痛苦，不过就是不大容易爬得起来罢了。

第十一章

萨缪尔·勃朗

第二天上午我遇到格兰玛夫人和波尔小姐一起出门，去找一个羊毛袜织得极好的老太婆。波尔小姐脸上挂着半是同情半是鄙夷的笑容对我说：“我刚才还跟格兰玛夫人谈起我们那位胆小的朋友福列斯特太太怕鬼的事，这全是因为这些年来她总是一个人住，老去听她那个简妮满嘴的鬼话。”她态度安详，分明是说她才不会迷信鬼神呢；我倒不好意思告诉她昨晚她提议改走堤道是多么称我的心，所以只好扯到别的事情上去了。

下午波尔小姐来访，告诉玛蒂小姐一桩奇事——这事确实奇怪，是早上她们出门碰到的。她们因为不知道要找那位老太婆该从哪条路穿过田野，便到路边一个小客栈里去打听，客栈在通伦敦的公路旁，离镇大约三英里远。客栈女当家的请她们坐下来歇一会儿，她去找丈夫来，因为她丈夫路比较熟。她们正坐在那间地面铺了沙的堂屋[1]里，忽然走进来一个小女孩；她们正以为是老板的女儿呢，便和她讲话玩儿。等女当家罗伯特太太回来，她们才听她说这孩子的父母住在客栈里，她是他们的独生女儿。女当家讲了一连串的事，格兰玛夫人和波尔小姐只听明白了一两点。事情是这样的：大约在一个半月之前，一辆轻便弹簧马车在店门口摔坏了，车子里坐着两个男人、一个女子和这个孩子。有个男人受了重伤，骨头倒没有断，照女当家的说法是“受了震”；不过也许因为内脏受的伤不轻，从那之后他就起不来了，便一直住在店里，由他的妻子，也就是小女孩的母亲照顾。波尔小姐问那个人是干什么的、外貌怎么样。罗伯特太太回答说他看起来并不像是上等人，不过也不像是普通老百姓。夫妇俩倒还正派规矩，并不烦人；要不她倒疑心那男的会不会是个走江湖的，因为他们马车

① 从前饭店、酒吧等公共场所地面上往往铺沙，便于清扫。

“不知道该从哪条路穿过田野”

里有个大箱子，里面装的东西她都认不得。她曾经帮他们打开箱子，拿出些衣物来。另一个男子一定是这个人的孪生兄弟，他后来驾车走掉了。

波尔小姐听到这点就有些起疑，她说她想不通怎么箱子、马车和马儿一股脑儿全没了踪影，好心的罗伯特太太对波尔小姐言外之意大为生气，据波尔小姐说女当家的以为这等于在当面骂她说谎骗人。她干脆请她们去见见那个女人，以为这是让这两位女士信服的最好办法。波尔小姐说那个女人脸色发黄，很是憔悴，一副老实样儿。她一听到格兰玛夫人讲了几句表示同情的话，泪珠儿便扑簌扑簌地掉了下来，她太虚弱了，无法止住泪水，女当家劝了几句她才勉强止住了哭，她缓了口气便谈起罗伯特先生和太太的慈善心肠。波尔小姐原先是颇有些疑心的，这一来却变得对她的不幸遭遇深信不疑。以下一点便足以证明她的热心——原来那位受伤的不是别人，正是意大利人勃鲁诺尼！这一个半月来镇上大家都疑心他干了各种各样的坏事，但波尔小姐这会儿却是毫不畏缩地替他做主讲话。不错！那个女人说她丈夫真名叫做萨缪尔·勃朗，她平时就叫他萨姆；不过我们还是宁愿称他为“意大利人”，这样好听得多。

她们和勃鲁诺尼太太谈了一会儿，最后决定应该延医诊治，格兰玛夫人把这笔费用全包了下来。她下午就把霍金斯大夫请到朝阳客栈出诊，检查一下勃鲁诺尼的病情。波尔小姐建议，如果要搬到镇上离医生近些的话，她可以去找房子，租金也由她设法。罗伯特太太心地是无比好，但长期住在那里总是有点不便。

波尔小姐话还没讲完，我和玛蒂小姐都听得出了神；她走了之

“出诊”

后我们整个晚上都在谈这件事。那天晚上，我们还把事情的来龙去脉估猜了一番。上床时我们都巴不得天快点儿亮，好早早听到霍金斯大夫诊治的结果。玛蒂小姐说得不错，虽然霍金斯大夫打牌时老喜欢说“杰克出来！”“见鬼，这两分你拿吧！”这类话，又把打牌说成“来一局”。但她知道他为人极好，医道也很高明。说真的，大家都为本地有这么一位医生而骄傲。每当我们听说阿特莱王后或者惠灵顿公爵[①]身体欠安时，我们时常希望会把霍金斯大夫召去；不过回头一想，大家又庆幸没有召到他，因为霍金斯如果成了皇家御医，我们生了病又怎么办呢？作为医生，大家为他骄傲，但作为一个人——说确切一点，是作为一个上等人——那么，对他的名字和举止我们只能摇头。全怪他早年没有读过吉斯菲尔德伯爵[②]的书信集，学学待人接物的礼节。不过，我们都相信他对“意大利人”的诊断是不会错的。据他说只要悉心照顾调养，病人可以复原。这一来大家才算放了心。

虽说是放了心，不过大家仍然忙忙碌碌，似乎还怕会有什么意外一样，直到霍金斯大夫决定亲自照料他后大家才算安定下来。波尔小姐准备的房间虽不讲究，却是十分洁净舒服。玛蒂小姐派轿子去接他，出发前我和玛莎在里面放了只装满煤炭的火盆将它烘得干干的，然后把轿门关实(连里面的烟也没放掉)，等病人在客栈上轿时再打开。格兰玛夫人在大夫指导下负责照管诊疗室，她翻箱倒柜，把贾米逊夫人服药用的玻璃杯、茶匙、生病时床

① 惠灵顿公爵(Duke of Wellington，1769—1852)，英国著名将领，曾指挥英军在滑铁卢战役中打败拿破仑。

② 吉斯菲尔德伯爵(Lord Chesterfield，1694—1773)，英国政治家、外交家，其书信集十分有名。

“将轿子烘得干干的”

上用的小桌子等一股脑儿找了出来，随随便便使用着；玛蒂小姐看见了倒着实有点不放心，怕那位主人和莫林纳知道了会见怪。福列斯特太太做了些她最为拿手的面包果冻给他住来后用作点心。面包果冻是这位好老太太最为隆重的礼物了，波尔小姐有一回向她讨教配方制法，不料却碰了一鼻子的灰；那位老太太说她活着时决不传给别人，等她死后遗嘱执行人会将方子交给玛蒂小姐。至于玛蒂小姐，或者照福列斯特太太的叫法(想起她遗嘱中的文句以及交接此一配方时的庄严场面)，玛蒂尔德·詹金斯小姐在获得这一配方之后如何处置——是公之于众呢还是世代家传——她就不知道，也不愿过问了。这会儿她却特地为卧床不起的可怜的魔术师准备了一炉甜美可口、易于消化的特制面包果冻，有谁能说贵族架子大呢？这位太太出身于泰勒尔家，是打死卢浮斯王①的那位瓦尔特大爵爷的后人，祖先当中还有一个便是将伦敦塔中的小王子杀死了的②，如今她却天天到一个走江湖的那里去走动，瞧瞧可能够给他弄点好吃的小菜。魔术师这回来养病，惊动许多人前来照顾帮忙，这种情况实在令人惊奇。他上回一身土耳其人打扮在镇上露面时引起的一场轩然大波，想不到至今已经全然冰释，看着这一变化真是令人惊叹不已。魔术师这回重返克兰福镇，面容苍白，浑身虚弱，双眼忧郁无神，只有在看到他那忠实的妻子和瘦弱可怜的女儿时，脸上才显出一线神采。

不知怎的我们都忘记了惧怕，大约是因为大家发现这个人虽然魔术变得高明，不由别人不惊异，但另一方面他却连驾驭一匹

---

① 卢浮斯王(King Rufus)，即英王威廉二世(1087至1100年在位)。
② 指理查三世(1452—1485)为夺取王位杀死两个侄儿的事。

受惊的马的平常本事都没有，这一来大家自然放了心。波尔小姐夜里任何时候都会提着小篮子来，似乎她那孤零零的房子和冷冷清清的街道附近根本就没有“杀人贼党”这回事。福列斯特太太说她觉得简妮跟她都不必介意那个在乌黑的小路上痛哭的无头女鬼，因为做好事的人妖魔鬼怪是没法伤害的。对这一点简妮哆哆嗦嗦地表示了同意；不过主人的话对她效果不大，她非得用红法兰绒在内衣上缝了个十字才觉得放心。

我发现玛蒂小姐把那个小球——用来在床底下滚的那个小球——用好看的彩色绒线绕了起来。

“亲爱的，”她说，“一想到那个苦命的小姑娘我心里就难过。虽然她父亲是变戏法的，但看起来她从来没有好好玩耍过。我小时候很会像这样绕些漂亮的小球儿，我再来做一个试试看，下午给费贝送去。我想‘强盗’一定离开此地了，因为再也没听说出什么事。”

人人都念念不忘魔术师的病情，再也没有时间去议论强盗鬼怪了。格兰玛夫人甚至说她并没有听说过什么真正的抢劫，她只是听说有两个小孩偷了农民本生家果园里几只苹果，还有就是逢集那天海华特寡妇的摊子上少了几个鸡蛋。不过我们可没法像她这样坦率，我们可不能承认以前的恐慌实则并没有多大根据。波尔小姐听到格兰玛夫人这番话时立即挺直身子正言厉色地说她倒是巴不得赞同这种说法，说我们只是大惊小怪，可是请问又怎样解释那回她家发生的事呢？那个人男扮女装硬要闯进她家里来，门外还等着两个同伙呢。除此之外，格兰玛夫人自己不是也讲过那一夜贾米逊夫人家花圃上出现了奇怪的脚印吗？何况霍金斯大夫

“在乌黑的小路上”

“两个小孩偷了几只苹果”

家门口还出了那件胆大包天的抢劫案子——可是这时格兰玛夫人插话说最后那件事她相信完全是凭空捏造，其实只不过是猫儿偷嘴罢了。她说话时脸涨得通红，无怪波尔小姐虽是气鼓鼓地昂着头，但也只是咕哝了两句“唔，真是那样”之类分量不重的话儿。我相信如果对手不是“尊贵的男爵夫人”，那么争论是绝不会如此轻易收场的。可是等她一走，波尔小姐便跟玛蒂小姐絮絮叨叨地谈了一大通，说是她们没嫁过人真是万幸，她发现女人结了婚就会变得容易上当；她一向认为正因为有些女子头脑太简单，所以才不能坚持独身生活。格兰玛夫人方才对霍金斯大夫遭抢说的话便是一个例子，说明意志薄弱而嫁人的女子真是天真得可怜；大夫东拼西凑地编出那个猫咪偷羊脖子的故事，格兰玛夫人竟然上了当，她显然是什么都会深信不疑的。大夫也想骗她波尔小姐呢，不过她可不会上当，她总时时刻刻提防着，对男人的话决不轻易相信。

波尔小姐说我们都该谢谢老天，庆幸自己没嫁人，对此我们当然没有异议；不过，根据我的看法，我们更感庆幸的事还是强盗已经离开了克兰福镇。这点至少可以从玛蒂小姐当晚火炉边一席话中听得出来，她毫不隐讳地说如果有个丈夫，那么小偷、强盗、鬼怪之类就不必害怕了，所以她不愿意像波尔小姐那样老是劝青年人过独身生活。自然，这些年来她也有了些经验，看得出来结婚未尝不是件冒险的事儿；不过，她还记得在她做姑娘的那个年纪，她也和别的女子一样盼着出嫁。

“并不是说想要嫁给哪个具体的人，亲爱的，”她忙着辩解，似乎是怕泄漏出过多的心事，“您知道有个老故事，说是做姑娘的总爱说‘到我结婚的时候’，而男人呢却总是说‘如果我结婚的话’。”她说这个笑话时的口气很有些辛酸，我俩大概谁都笑不出来，在炉火闪烁的光影之下我看不清玛蒂小姐的脸孔，过了一会儿她又说：

“不过，我还没有告诉您实情，那是多年前的老话了。那时并没有别人知道我的心事，真的，只有亲爱的母亲猜着了。不妨说有段时候我并没有想到要做一辈子老小姐，因为即使现在还会有人向我求婚（波尔小姐不是说随时都可能有这种危险吗？），我也不能嫁他了——我并不是想伤别人的心，但是我不能嫁他——能够成为我丈夫的只有一个人，除了他无论是谁都不行。那人现在已经不在人世了，他永远也不明白我怎么竟会拒绝了他，我事先想了不知有多少次——唉，我的想法就不必提了，一切都是上帝注定，亲爱的，我是很幸福的，别人都比不上我有这样一些好的朋友。”她说，紧紧握住了我的手。

要是我对霍尔布洛克先生一无所知，这当儿我或许可以说上一两句话，可是我却完全清楚那一段往事，所以根本想不出该说什么才好。就这样我俩一时都没作声。

“父亲有一段时候让我们记日记，”她又说，“每一页分成两个部分，每天早上在左边一半写下在这新的一天里我们认为会发生的事情，晚上再在右边一半写下这一天确实发生的事儿。对有些人来说这样谈起自己的生活是很伤心的，”（这时一滴眼泪落到我的手上）——“我并不是说自己的身世很凄惨，不过它跟我原先的希望又有多大的不同呀。我记得，在一个冬天的傍晚，我和狄布拉坐在卧室里围炉烤火——回想起来仿佛就在昨天一般——我俩

“每一页分成两个部分的日记”

都构想起未来的生活来，两人都在想着，不过只有她说出来了。姐姐说她想嫁个副主教，并且替他写训谕。亲爱的，您知道，她终于没嫁人，我也知道，她从来也没有跟一个独身的副主教说过半句话。我没有她那种抱负，也不会写训谕，但是我觉得我很会料理家务(母亲常夸我是她的左右手)；我又最疼孩子，连最怕陌生人的小娃娃见到我也总会伸着小手跑过来要我。我年青时一有空就常到附近农民家里去逗孩子玩。可是不知怎的，在那之后一两年，我变得心事重重，那些小家伙见了我就跑，我怕自己再也没有那种吸引力了。不过，我心里还是像从前那样疼小娃娃，每回看到怀里抱着孩子的母亲，我总觉得说不出的留恋。亲爱的，还不止这样——”（掉下几块煤，发出一阵光亮，我看到她热泪盈眶，她眼睛瞪得大大的，出神地憧憬着一些本来也许可以成为现实的美好景象，这些景象本是完全有可能实现的）“您知道吗，我有时会梦见自己有个小娃娃——总是一个样子——一个两岁模样的小姑娘。虽然多年来我一直梦见她，她却老是那样大。在梦中我没听她说过什么话，发出过什么声音，小姑娘又安静又文雅，可是在她高兴或者悲伤时她总要向我跑过来，扑到我身上，用她那可爱的小手抱住我的脖子，使我一下子惊醒过来。就在昨天晚上——大概因为我上床前老是想着给费贝的小球的事吧，我那可爱的小宝宝进入了我的梦中，她伸出小嘴让我吻，我见到小孩上床前就是这样让妈妈亲吻的。不过这些话全是胡扯，亲爱的！只是不要听了波尔小姐的话吓得不敢嫁人，我想结婚可能是十分幸福的事。稍为天真轻信一点反而比较容易过日子，总比怀疑来怀疑去事事为难不痛快要好一些。”

要是说我对婚姻大事有点害怕的话，那倒不能怪波尔小姐，而是可怜的勃鲁诺尼夫妇的命运实在使我寒心。不过，他们夫妇患难与共，互相体贴，一家三口相亲相爱，看到这一切，又不由使人觉得夫妇之情的可贵。

魔术师太太有天把他们的许多往事告诉了我。话是这样引起的：我先问她波尔小姐所说的孪生兄弟是不是确有其事，据她说他们兄弟二人像得出奇，幸好波尔小姐没有嫁过人，不然我倒真要不敢相信她的话呢。可是魔术师太太，或者说勃朗太太(我们发觉她宁愿别人这样称呼她)说那倒确实是真的，不少人都把她小叔子错认是她丈夫，这对他们干这一行倒挺有好处。“不过，”她又说，“我真搞不懂别人怎么会把托玛斯错认作勃鲁诺尼；托玛斯说外人确实认不出来，我想他这话绝不会是骗我的。他可真好，要不是他寄钱来，我真不知道该怎样开销朝阳客栈的账呢。不过，把他错认作是我丈夫的人，对戏法一定是外行。真的，小姐，我丈夫在变那套玩球的魔术时，巴掌总是张得大大的，他小指一甩，十分优雅大方；托玛斯就不行了，他变的时候手团着像是捏了个拳头，巴掌心里藏几个球都可以。这还不算，他从来没去过印度，所以头巾也戴不好。”

“你们去过印度？”我问，很是奇怪。

“去过，在那儿待了好多年呢，小姐。萨姆是三十一团的曹长，在部队受命开往印度的时候，我也抽到了签随军出发。真要感谢老天，我觉得离开丈夫活着也就没意思了。不过，说真的，小姐，要是能预先知道后来的一切的话，我也许宁可当时就死在那里，也不愿去受以后的那种罪。不错，我在萨姆身边，总算能给他一些安慰。不过，我死掉了六个孩子啊，小姐，”她抬起头来望着我，那种迷乱的眼神只有失去孩子的母亲才会有，仿佛是要寻找什么永远找不到的东西一般，“唉，在那个可怕的印度，六个孩子死去了，就像小花苞儿给摘掉了一样。每当孩子去世时，我总想我再也不能——我再也不情愿——爱小孩子了。可是等下一个孩子出世，我却愈加疼爱，因为这会使我想起他前面夭折的哥哥姐姐。费贝出世前，我对丈夫说：‘萨姆，等孩子出世我身体复原后，我就要离开你。这会使我心碎，不过要是这个孩子也活不下去，那我一定会发疯的，我现在就快要发疯了，你让我带着孩子一步一步挨到加尔各答去，我或许还会好起来。我会尽量节省，我会沿路要饭，我就是死也要凑足船钱回英国去，让我们的小宝贝活下来。’上帝保佑他！他答应让我走，他把军饷节省下来，我替人家洗衣服、干杂活，尽量攒下每个小子儿，费贝出生后我身体一好便上了路。我一路上孤零零的，森林又大又深，浓密的树荫下一片昏暗，不见天日，我沿着河边走(幸好我从小在沃里克郡埃文河附近长大，听惯了流水声)，走了一站又一站，从这个村落赶到那个村落，抱着孩子不停地赶路。有一回我遇到个军官太太，她有一张画儿，小姐，是个信天主教的外国人画的，上面画的是圣母抱着小救主，小姐，圣母把他抱在怀里，微微俯下身子，亲着小救主的面颊。嗯，我帮那位太太洗了些东西，在我告辞时，她伤心地哭了，因为她的几个孩子都死掉了，不像我总算还有一个。我大着胆儿请她把那张画送给我，她哭得更加厉害了，她说她那几个娃娃都已到了小耶稣身边，她把画儿给了我，告诉我她听说这幅画是衬在桶底上画的，所以才是圆的。路上当我累得不得了，心里又难过时(因为有好几回我都担心自己再也到不了家了，我又老是放心不下丈夫，还有一次我觉得孩子快死了)，我就把那幅画拿出来看，看着看着我会觉得圣母开口同我说了话，给我以安慰。当地居民心地非常好，尽管语言不通，可是一见到我怀里有个婴儿，他们就总要出来送米饭和牛奶给我吃，有时还会有鲜花——有些花我晒干了，现在还保存着。第二天一早我常常累得不得了，他们总希望我留下来，说是密林太吓人，劝我别跑到里面去。真的，密林深处真是暗得可怕，但我总仿佛觉得死神就在身后追我，想要把我的孩子夺走，我绝对不能停下来。我想开天辟地以来，上帝就最爱护做母亲的，现在上帝也一定会保佑我，所以我就向他们告别，再往前走下去。那回孩子病了，我只好停下来，上帝把我引到一个地方，那儿居民中间住着一个好心的英国人。”

“您后来平安到达了加尔各答吗？”

“嗯，一路平安地到了那里！噢，在我听说前面还只剩下两天的路程时，我再也忍不住了。附近有一个神庙，我便抱着宝宝走了进去，感谢上帝的大恩。或许有人会认为这是崇拜异教吧；不过依我看，别人欢乐或者忧愁时去朝拜自己神灵的地方本身就是神圣的。上船之后我给一位残废的太太帮佣，她很喜欢我的小宝贝。两年后萨姆退伍了，他回了国，回到我和宝宝身边。他得找个职业，可是又没有手艺，幸亏从前他在一个印度魔术师那里学了点戏法，于是便干起这一行来。他干得很成功，便让托玛斯来帮他的忙——就是说，当他的助手。不过现在托玛斯自个儿也干起来了。他们是孪生兄弟，这对表演很有好处，许多戏法一搭一档，演得十分精彩。托玛斯人很好，只是台风不如他哥哥，他说别人老把他当成是勃鲁诺尼魔术师本人，我真不明白这是怎么回事。”

“可怜的小费贝。”我说，禁不住想起她抱着孩子千里跋涉的情景。

“嗯，费贝的确很可怜，我真没想到竟然能把她养大。她在冲德拉巴德[1]生了一场病，幸亏一位好心的詹金斯先生收留了我们，救了费贝的命。”

“詹金斯！”我说。

“是的，詹金斯。他在那儿做官。我想姓这个姓的全是好人。这里那位姓詹金斯的老太太天天还来带费贝出去散步呢。”

我脑海中突然闪过一个念头，这位詹金斯会不会就是那个音讯全无的彼得呢？是有好些人说他已不在人世了，不过也有人说他已经做到了西藏的大喇嘛，玛蒂小姐认为他还在人世，我还得进一步打听一下。

---

① 一个作者虚构的地名。

第十二章

订　婚

冲德拉巴德那个当官的詹金斯是不是克兰福镇那个“可怜的彼得”呢？这倒是个问题。

在我自己家里，每当人们闲着没事的时候，他们总怪我行事鲁莽，我那讨嫌的短处就是不够谨慎。人人都各有自己讨嫌的短处，这形成了各人固有的特性——那是给朋友们砍来斩去的主菜①，通常他们砍了斩了之后又会回过头来再干。我可不大乐意老被人责怪做事没脑子，这回我决心要细心谨慎，考虑周密，因此我绝口不提印度那个詹金斯的事。我要收集证据带回家去给父亲看，我父亲和詹金斯一家可说是世交了。

在我搜罗证据的过程中，我时常不觉会想起父亲从前讲的某妇女委员会开会的事儿来。那回是请他主持会议的，他说他总不禁要想到狄更斯小说中的一段描写，说的是在大合唱中各人按自己最熟悉的调门唱歌，人人唱得心满意足。在慈善委员会那次会议上，每位女士都讲着自以为是最最重要的问题，个个谈得非常尽兴，遗憾的是她们所谈的与会议的议题却没有多大关系。不过，即使这个委员会也无法和克兰福镇的女士们相比。我想从镇上女士们那儿得到一些有关彼得的确切消息，诸如身长、外貌、最后一次见到他或是听到他消息的时间地点之类，但她们的答复却是五花八门。例如，记得有一回我问波尔小姐（正巧是在福列斯特太太家里，这两位女士都认识彼得，我本想她们一定能够互相补充印证，追忆往事）——我问起波尔小姐她们最后一次听到的有关彼得的消息，她就说了我上文提到的那个荒唐无稽的传闻，就是说他被选为西藏的大喇嘛了，然后两位女士便各扯各的说了开去。福列斯特太太讲起了《喇拉·洛克》②中蒙着面孔的预言

---

① “主菜”原文为法文：Piéce de résistance。

② 《喇拉·洛克》（*Lalla Rookh*），爱尔兰作家莫尔（T. Moore）写的东方故事，分别用散文或韵文写成。

家——她问我那和大喇嘛是不是一回事，她说不过彼得长得可不丑，挺英俊的，只是脸上有点雀斑罢了。看到她又扯回到彼得身上，我高兴起来。可是这位靠不住的老太太又一下转到了劳兰牌美容霜以及发蜡和发油的妙用上去。她唠唠叨叨地说个没完，我只得掉转头去听波尔小姐的（她先讲了一通载东西的驼马），她谈起了秘鲁公债、股票市场，她说她对合股银行很不放心，其中尤其提到玛蒂小姐存钱的那一家。我问她："你是什么时候、哪一年听说彼得先生成了大喇嘛的？"但一点用处也没有，两位女士你一言我一语地争论起驼马究竟是食肉动物呢还是食草动物来。她们两人远非势均力敌，在激烈地争论了一场之后，福列斯特太太承认她对食肉和食草动物是怎么回事并不十分清楚，正如她对水平和垂直老是不甚了然一样。不过她挺自然地打了个招呼，说是在她年青时这些四个音节的长词①儿除了教学生拼写之外毫无其他用处。

这次交谈的唯一收获便是她们听到彼得的消息是说他在印度或者"印度附近"。这点消息还是在波尔小姐买她那件印度布长袍时传到克兰福镇来的，那件长袍早已穿破了（说到这儿我们又议论了一番那件长袍的下落，记得洗过补过之后，又用它做了窗帘）。那一年汪威尔到克兰福镇演出，玛蒂小姐还去看了大象，为的是要想象出彼得骑着大象的样子。结果那回还看到了一条大蟒蛇，她大为吃惊，她完全没料到彼得那地方会有这种东西。那年詹金斯小姐还背诵了一首诗，在克兰福镇的一切茶会上她老是说彼得"居高临下，俯瞰全球，东起中国，西至秘鲁"，大家都认为气派

① 在英语中，食肉、食草、水平、垂直这几个词都比较长，分别有四到五个音节。

“詹金斯小姐老是说”

很大，称赞措词是再贴切不过了，因为如果把地球仪往左转而不是往右转，印度的确是在中国跟秘鲁之间啊。

大概是因为我所问的那些问题引起了朋友们的好奇心，大家反倒忽略了身边发生的事儿。在我看来克兰福镇太阳照出，雨照下，一切照常，丝毫没有留心到有什么将会发生非常事件的预兆。就我所知，不仅是玛蒂小姐和福列斯特太太，就连我们一向视作预言家的波尔小姐——她向来有先见之明，虽然她不大愿意告诉旁人，免得惊动朋友——也同样一无所知。当她跑来通知我们一个惊人的消息时，她神色惊诧，气喘吁吁。这儿我也得先缓口气，虽说这事已是相隔多年了，但现在一想起来，我还会瞠目结舌，语无伦次。我必须克制住自己激动的心情，要不然我连字也写不出了。

那天，我和玛蒂小姐一如平常地坐着，她背对着光坐在蓝印花布安乐椅上，手里编织着毛线，我大声读着《圣詹姆士纪事报》。再过一会儿我们就得去换换衣服，因为镇上会客的时间(十二点)就要到了，此情此景我记得清清楚楚。我们正闲谈说天气转暖后魔术师的身体康复得很快，称赞着霍金斯大夫的医道，惋惜他太不讲究礼仪风度(真是无巧不成书，想不到我们闲谈的对象竟然就是那个非常事件的主角，但这是事实)，突然响起了敲门声——连叩三下，是有客人来了。我们正要飞也似的(不过玛蒂有点风湿病，走不快)赶回房里去换帽子衣领，波尔小姐已经登上了楼梯。她高声喊住了我们："别走了——我等不及了——我知道还不到十二点——不过别去换衣服了——我有话要说。"虽然她已经听到我们刚才忙乱的脚步声，我们还是尽量摆出一副若无其事的样子来。当然我们不情愿让别人知道我们竟然在后厅这一“家中的内殿”穿着旧衣服，这个优雅的称号是詹金斯小姐有回坐在这里包扎蜜饯的时候想到的，所以我们的态度仪容便加倍小心。我们斯斯文文地等了两分钟，波尔小姐才喘过气来，她愕然地举起双手，随后又一言不发地放了下来，使我们更加好奇了，似乎她那件新闻太重要，远非语言所能表达，非得借助手势不可。

“您想得到吗，玛蒂小姐？想得到吗？格兰玛夫人要出嫁——我是说要嫁给——格兰玛夫人——霍金斯大夫——霍金斯大夫要娶格兰玛夫人了。”

“出嫁！”我们嚷起来，“出嫁！发疯了！”

“出嫁！”波尔小姐说，她一向就是这么斩钉截铁的，“你们说得不错，是要出嫁。我刚才还当众说‘夫人这么着真是太傻了’。我本可以说‘真是发疯了！’，但我话到了嘴边硬是咽了下去。我是在一家铺子里听到这件新闻的，真不知道女性的脸面到哪里去了。您和我，玛蒂小姐，就决计不好意思让别人在杂货铺里当着伙计的面议论自己的婚姻大事呀！”

“不过，”玛蒂小姐叹了口气，大吃一惊之后定下神来，“不过这消息或许靠不住，我们也许是错怪了她呢。”

“不，”波尔小姐说，“我全打听清楚了。我先去了费兹-亚当太太家，向她借本食谱，我知道她有那本书。我提起男子汉独个儿持家也真不容易，顺便[1]向她表示祝贺。费兹-亚当太太昂起头说那是真事，尽管她并不知道我是打哪儿、怎样听来的消息。她说，

① “顺便”原文为法文：à propos。

“那件新闻太重要，远非语言所能表达”

她兄弟和格兰玛夫人已经完全说妥了，彼此都会意，‘会意’这个说法真粗俗。这下我们那位夫人也就要放下架子，没法讲究了。我相信霍金斯大夫每天晚上吃的不外是奶酪面包再加一点啤酒罢了。”

“结婚，”玛蒂小姐又说，“唔，我真想不到。我们的两个熟人要结婚了，来得好快呀！”

“太快了，我一听说这件事时心都停止了跳动，足足有好几秒钟，够您从一数到十二呢！”波尔小姐说。

“不知下次该轮着谁呢。这儿，在克兰福镇，格兰玛夫人本以为自己是万无一失不会嫁人的呢！”玛蒂小姐说，口气里带着点儿怜惜的意味。

“呸！”波尔小姐把头扬了扬，“你可记得好布朗上尉的诗《狄比·法勒》，有两句是——

‘把她放在丁托克的屋顶上，
风儿会吹给她一位好儿郎。’”

“我想，那是因为狄比·法勒很有钱。”

“唔，格兰玛夫人很有一种魅力，别人怎么想我不知道，不过，她那种魅力我才不想有呢，真是羞死人了。”

我将自己的惊疑之处说了出来：“大夫爱上她倒不奇怪，可她怎么会喜欢霍金斯大夫呢？”

“哎，我也搞不清，霍金斯大夫很有钱，人长得也神气，”玛蒂小姐说，“脾气温柔，心地也好。”

“奶酪面包”

“格兰玛夫人”

“她嫁给他是为了有份家业，就是那么一回事，我看她把外科手术室也算进去了。”波尔小姐说，对自己这句俏皮话冷冷笑了笑。不过，好多人在自以为讲了一句尖酸刻薄的聪明话之后，口气往往会缓下来。波尔小姐也是这样，说了外科手术室之后她那股冷嘲热讽的劲头也就大不如前了。我们便一起猜测着贾米逊夫人得悉这一消息后会有何想法。这个人是她留下来照管房子，防止侍女找爱人的，而今她自己却找到了一个爱人！何况这个人正是贾米逊夫人所讨厌的，她认为大夫十分俗气，将他拒之于本镇社交圈子之外。这不单是因为他名字难听，还因为他的声音，他的面貌，他那带着马厩气味的高统靴和他浑身上下的一股药味儿，都叫她受不了。他有没有上贾米逊夫人家去看望过格兰玛夫人呢？要是去过，屋主人一定会认为他留下的那股俗气恐怕漂白粉也难除干净。也许他们就仅仅在那个可怜的魔术师的房里偶尔会会面吧？虽然大家认为这门亲事门不当户不对[①]，却没人能否认他们两人对病人的确关怀备至。不过，这事的底细原来是这样的：贾米逊夫人家一位女仆病了，霍金斯大夫去诊治了几个礼拜，就这样狼闯进了羊栏，结果把牧羊女给带走了。贾米逊夫人会怎么说呢？我们兴致盎然地议论此事将来如何收场，就像小孩子看着花炮射上云端，满怀好奇地等着它噼啪一响火星飞溅一样。然后我们又回到眼前的事情上来，互相询问（大家同样地一无所知，也没有一点儿可供推测的材料）这桩事会在什么时候举行？在哪儿办？霍金斯大夫一年有多少收入？她会不会放弃贵族的名位？要是格兰玛夫

① “门不当户不对”原文为法文：mésalliance。

人和霍金斯大夫这一对夫妇登门拜访，玛莎和其他正派侍女该怎样为他们通报呢？我们要不要去拜访他们？贾米逊夫人同意我们去吗？是不是非得在尊贵的贾米逊夫人和降低了身份的格兰玛夫人之间作一选择呢？我们都很喜欢格兰玛夫人，她聪明善良，待人接物极其和蔼有礼；而贾米逊夫人却是呆呆板板的，整天打不起精神来，架子大得让人讨厌。但是长期以来大家都听她指挥，别说违背她的禁令，光是想到这事大家便觉得自己已经不忠了。

我们大吃一惊，因为我们的帽子衣领都是补过的，福列斯特太太突然来了。但我们急于要看她听了这消息有何反应，也就顾不得去换衣服了。我和玛蒂小姐客客气气地等波尔小姐开口，要是我们不客气的话，是大可抢先发话的。因为这时波尔小姐大煞风景地来了一阵咳嗽，足足有五分钟说不出话来。她用手帕掩住嘴，可怜巴巴地盯住我们，我永远也忘不了她那副苦苦哀求的神色，她目光里的意思再清楚也没有了，那是在说："我现在一时开不了口，但这消息是我打听来的，你们万万不能抢在我的头里说。"我们都等候着她。

乍一听到这件新闻，福列斯特太太和我们一样吃惊，她感情上更觉得受到了伤害，因为她想到了她的品级，所以比我们更为深切地感到这件事真正是玷污了贵族阶层。

她和波尔小姐走了之后，我们都竭力想定下神来，可是玛蒂小姐却真被这件新闻搅得心神不定。她屈指算了算，除去泽西·布朗小姐之外，这十五年来她还没有听到朋友熟人结婚呢。她说这回她真是大为震惊，她觉得她实在没法想象接下来还会发生什么事呢。

不知是出于我的想象呢还是确有其事，我总觉得凡是社交圈子里一旦传出有人要结婚的消息，这个圈子里那些尚未嫁人的女士们便会兴奋异常。她们会穿上新衣服跑来跑去，忙个不停，似乎是无言地、无意识地提醒别人“我们也还没嫁人呐！”。自打这次来访之后的半个月中，玛蒂和波尔两位小姐谈的想的老是帽子、袍子、围巾一类事儿，以往我从未听她们谈论得这么多。不过这也许是因为时值阳春三月，天气温和宜人，羊皮、海狸皮和毛料子在融融春日之下穿不住了。格兰玛夫人倒不是靠打扮去赢得霍金斯大夫的欢心的，因为她每次去照看病人时衣着反而格外马虎。在教堂或者别的地方我见过她一两回，她似乎是想尽量避开大家；粗粗看来，她脸上好像有一种青春的红晕，那原先紧紧闭着的嘴唇现今却是红润丰满，微微颤动着。她的一双眼睛含情地看着每一样东西，似乎正在努力使自己爱上克兰福镇的一切。霍金斯大夫身材魁梧，满面红光。他脚登一双崭新的高统皮靴，在教堂中间的过道上踩得咯吱直响——这靴子真是有声有色地说明他喜事在即，因为相传在这之前他脚上穿的靴子还是他二十五年前刚到本镇时的行头，那双靴子前后左右从靴面到靴底用黑皮黄皮补了不知多少回。

镇上的女士们没有谁向他俩道贺，表示赞成这门亲事。我们想绝口不提这事，等我们的头头贾米逊夫人回来了再说。大家等她回来拿个主意。在这之前对这门亲事我们觉得应该和对待西班牙王后的腿一般——尽管这些都是活生生的事实，但还是少说为妙。大家苦苦地克制着自己——你想，既然我们谁也不肯开口和朋友谈这桩事，那么对于那些我们一心想提出的问题，谁又肯回答

“霍金斯大夫满面红光”

呢？不过大家渐渐觉得很有些憋不住，对此事表示沉默的庄重劲儿到底敌不过好奇心呀。幸好这时另外一件事分散了大家的注意力，本镇一家大铺子的老板(他的经营范围极广，有时连杂货、奶酪、男人衣帽也卖)宣布新式春装已到货，下星期二在哈艾街他铺子里公开展览。玛蒂小姐早就在盼着了，她要买件绸长衫。我倒是早就自告奋勇替她写封信到德伦布尔去要样子，但她不同意，口气中隐约表示她还没有忘却湖蓝头巾的事，那回她真是大失所望。我心底寻思，幸亏我这回在场，我决不能让那些大红大绿的绸子缎子迷了她的眼。

这儿我得讲几句关于我自己的事了。上文提到我父亲和詹金斯一家是世交，也许还不止这样，说不定还沾点儿远亲呢。父亲满心情愿让我整个冬天待在克兰福镇，因为就在那段人心惶惶的日子里，玛蒂小姐曾给他写了封信，我想她一定将我的勇气和本领吹了一通，说是得靠我来保护她那所宅子。不过眼下白昼越来越长，天气又好了起来，父亲便来信催我回家。我之所以拖延只是因为我有一件心事，我明知希望十分渺茫，但仍想得到确切的消息，证明魔术师太太说的印度的那位詹金斯就是“可怜的彼得”。我已从波尔小姐和福列斯特太太那些乱纷纷的话里理出了一点头绪，知道了他的外貌以及他失踪前后的一些情况了。

第十三章

银行倒闭

就在约翰逊老板准备进行时装展览的那个星期二早晨，女信差送来两封信。我说是女信差，但说确切一点，那女人是邮差的妻子，邮差是个鞋匠，腿有点儿跛，是个干净诚实的人，在城里很受人看重。只有重要的节日，例如圣诞节和耶稣受难日[①]之类他才亲自出门送信。在这种时候，本应是早上八点送到的信件总要到下午两三点钟才能交到收信人手里。这是因为大家都喜欢邮差托马斯，都要趁佳节之际好好款待他一番。他常说他肚子真是填得不能再满了，有三四家硬要拖住他吃早饭，他只好每家去吃一点。等他最末一顿早饭吃完，走到另一家时又该吃午饭了。不过不管吃的喝的有多好，托马斯从不狂喝滥饮。他满面笑容，很有礼貌。詹金斯小姐生前常说，托马斯教人学会了忍耐，使忍耐这一可贵的品质在不少人身上得以发扬，没有他，有些人的耐性恐怕还在心底睡大觉呢。詹金斯小姐本人的耐性自然老在心底沉睡着，她总是坐在桌边眼巴巴地等信，手指尖儿不停地弹着桌面，一直到送信的女人上了门或是走过了大门口才算罢休。一到圣诞节或是耶稣受难日，她的手指儿便要从大清早弹到上教堂，从教堂回家后又要再弹到下午两点钟。只有在拨火的时候才稍为停一会儿，一着急她老是把火钳火筷之类碰倒在地，为这事总要责怪玛蒂小姐。不过托马斯一进门总会受到热烈的欢迎，款待他一顿丰盛的午餐。詹金斯小姐站在他面前，像是一名龙骑兵似的，她不住地打听他孩子们的情况——他们在干什么啦，上什么学校啦，一听说又要增添娃娃便大摇其头，责怪他生得太多。不过她给孩子送起礼物来却是一个不漏，每人一个先令，一个肉包子，最小的也不例外，另外再加半克朗送给父母亲。玛蒂小姐对信件倒是毫不介意，但对招待托马斯却绝不肯有半点儿马虎。不过我发现在这种场合她倒是不大好意思，不像她姐姐把这看成是劝谕旁人、造福同类的绝好时机。玛蒂小姐总

① 耶稣受难日(Good Friday)，复活节之前的星期五。

是把钱捏紧了悄悄塞到他手里，好像十分难为情似的。而詹金斯小姐则是一个子儿一个子儿地数给他，嘴里一边说着“喏，这是给你的，这是给吉尼的”之类的话。玛蒂小姐甚至在他吃饭的时候还要把玛莎打发出厨房。有一回邮差吃了一点儿便把食物飞快地包进了一方蓝布手帕里，我记得玛蒂小姐只是朝我眨了眨眼睛。换了詹金斯小姐的话，不管盘子装得多满也要逼着他吃个干净，邮差每吞一口她就要在旁教诲他一句。

我扯得太远了，还是回到那天早饭桌上的两封信上来吧。一封是父亲给我的，另一封给玛蒂小姐的是印刷品。父亲的信一看就知是男子写的，也就是说一点趣味也没有，谈到的不外乎是他身体甚好，近日阴雨连绵，营业销路呆滞，以及流言甚多之类，他又问我玛蒂小姐手中是否仍然持有县镇银行的股票；他说最近该行名声不佳，对此他早在意中，数年之前曾劝阻詹金斯小姐勿购该行股票，詹金斯小姐未能听从(我知道她就是这一次没听他的话)。父亲写道此乃该聪颖的女士唯一的不明智行动，如若发生不幸之事，我自不该抽身离去弃玛蒂小姐而不顾云云。

“谁来的信呀，亲爱的？我这封是份请帖，具名是埃德温·威尔逊，请我到德伦布尔去出席县镇银行股东的重要会议，时间是廿一日，星期四，他们真周到，没有把我漏掉。”

我很不喜欢听到“重要会议”这几个字，虽然我对做交易不大内行，但我担心这更证实了我父亲的忧虑。不过，我想坏消息总是传得很快的，所以我决心不把父亲警告银行不稳的话告诉她。我只是说父亲来信中说他自己身体很好，并向她致意。她把她那封来信翻来覆去欣赏个没完，后来她开口说——

“一个子儿一个子儿地”

"我记得有一回也给狄布拉来了这么一封信，那倒是毫不足怪的，因为人人都知道她很有见识，我恐怕就不能对他们有什么帮助了。唔，要是他们讨论账目的话，我还会有些碍事呢，我脑子里对数目字总是弄不清楚。记得狄布拉那一回倒是挺想去的，为了这件事还特地定做了一顶新帽子，不巧那一天她正好伤风了，没有去得成。他们后来给她寄来一封信，礼貌十足地向她陈述了会议的经过，我记得是选了位董事。你想他们会不会要我出席去推举一位董事呢？我一定当场就选令尊他老人家。"

"我父亲在这家银行没有股子啊。"我说。

"噢，对了，我记起来了！我记得他老人家极力反对狄布拉买这家银行的股票。不过，姐姐可真是个女事业家，自己有主见。喏，你瞧，这些年来银行总付八厘的利息呢。"

我已知道些内情，听起这番话来当然觉得不是滋味，便想换个话题谈谈，于是问她什么时候去看时装展览。"嗯，亲爱的，"她说，"事情是这样，中午去不大合乎礼节，可是一吃过饭，你瞧，镇上的人全会涌到那儿去。在那么多人面前对那些衣服、花边、帽子表现出很大兴趣是不雅观的，在那种场合，过分好奇便会显得俗气。狄布拉就有这种本事，不论看到什么时新的衣服式样都不露声色，这是她从阿莱夫人那儿学来的。你知道，那位夫人在伦敦什么时髦东西没见识过呀。所以我看我们还是一吃好早饭就悄悄跑去——我也正要买半磅茶叶——我们可以上楼从从容容地看上一遍，仔细瞧一瞧我那件绸衣服做什么式样好。待十二点以后我们再去时心里没事就不必多去想衣服了。"

我们便开始谈起玛蒂的新绸子衣服来。我发现这真可以算是她生平头一遭自个儿做主挑选一样重要的物件。因为从前凡事总是由她姐姐说了算，不管她的爱好如何。也真怪，像她姐姐这样的人靠自己的意志就能让别人服服帖帖，事事听从她指挥。玛蒂小姐一想到那些折叠得整整齐齐亮闪闪的料子，心里便兴奋得不得了，像是她专为买衣服的那五个金镑能把店里的绸儿缎儿统统买下来似的(记得有回为了买三便士的玩具，我在玩具店里东挑西拣足足花了两个钟头)。因此我很高兴这回动身得早，这一来好让亲爱的玛蒂小姐不慌不忙地看个眼花缭乱，好好快乐一下了。

如果有好看的湖蓝色，那么就做湖蓝的；要是没有，她想做黄的，而我则主张做银灰色的。我们一路商量着得买多少料子，一直走到店门口才住嘴。我们先得买茶叶，挑选料子，然后再沿着螺旋铁楼梯登上顶楼，时装展览便在那里举行。

约翰逊铺子里那几个年青的伙计满面春风，他们系上自己最好的领带，站在柜台后面，手脚麻利地招呼着顾客。他们原想请我们立即上楼，可是按着先做交易再消遣的规矩，我们先停下来买茶叶，玛蒂小姐这时完全心不在焉了。平时要是有人告诉她说她方才饮的茶其实是绿茶，那她非要在床上翻来覆去折腾个半夜不合眼(但是，有好几回我见她喝了绿茶——只不过没人告诉她罢了——结果丝毫没有影响她的睡眠)，因此她家是绝对不买绿茶的。可是今天她却自己要起这件讨厌东西来了，她还当自己说的是绿绸子呢。不过这个错误马上得到了纠正，随后绸子便抖了开来。这时店里人越来越多，因为这天恰好逢集，附近乡下不少农民全赶了来。他们用手不时地拢着自己的头发，瞪着双眼怯生生地东张西望，像是急于要看一两件新鲜物件好回去报告他的妻子或

“站在柜台后面”

“附近乡下不少农民全赶了来”

者情人。可是他们看到这些时髦的店伙，这些漂亮披肩和印花细布，便觉得有些不知所措。不过有个一脸老实相的男子挤到了我们站着的柜台前，大着胆子请店伙拿一两条披肩出来给他看看。其他的老乡全站在杂货柜前，我们旁边这一位或许是过于热心想讨自己心上人或妻女的欢心，因而也顾不上害羞了。这时我心里很快产生一个问题：他和玛蒂小姐到底哪个能把店伙缠住的时间更长呢？这位老乡觉得披肩是一条比一条漂亮，而玛蒂小姐则是每拿出一段绸料来便笑着叹气，这种颜色衬着那种颜色显得越发鲜艳，照她的说法，那绸料堆在一块儿真能使天上的虹彩黯然失色。

“咳！”她犹豫不决地说，“我怕真是会买了这种又后悔没买那一种呢，瞧这朱红多么可爱，冬天穿最好了，不过春天就要到了。唉，要是一年四季都有不同的衣服该多好。”她压低了嗓门说着——在克兰福镇，每当谈起什么心中向往而又无力购买的东西时，说话声音都分外地轻。“不过，”她又快乐地放大了嗓门，“要是全买下来，要保管收藏这些好东西倒是挺麻烦的呢。亲爱的，还是只买一件吧，你看挑哪种好呢？”

此刻她对着一块淡紫底色带着黄点的料子出了神，而我则拉出了一块灰绿色的，在那些鲜艳的颜色衬托之下，它虽然不大显眼，但却素净文雅，十分大方。这时候旁边那位老乡引起了我们的注意，他挑出一条价值三十先令左右的披肩，喜笑颜开，一定是想到了他带着这件礼物回家时，妻子或是女儿又惊又喜的情景。他从裤子口袋里使劲地掏出一个皮夹子，从里面挖出一张五镑的钞票来付披肩以及从杂货柜买来的一些杂货的账，我们就是在这时注意到他的。店伙看着这张钞票，一脸疑惑的样子。

“我们旁边这一位”

“县镇银行的！等等，先生，好像就在今天早上有通知吩咐留神该行发行的钞票，我马上去问问老板。先生，不过，我看还是麻烦您付硬币或是别家银行的钞票吧！”

他的神情一下子变得沮丧、为难起来，我从没见过谁的脸色变得像他那么快，看着简直叫人可怜。

“该死！”他道，把拳头往桌上一捶，像是要试试是他的拳头硬呢还是木板硬，“说得倒轻巧，好像钞票、金镑可以随便拾得到一样。”

玛蒂小姐听得出神，连绸袍子也忘了。我以为她并没听清银行的名字，我就怕她知道真相，便想方设法和她打岔。我极口称赞起那块刚刚我还极力反对的黄点淡紫料子来，但是一点没用。

“哪家银行？您的钞票是哪家银行的？”

“县镇银行。”

“给我瞧瞧。”她冷静地对店伙说，店伙已从老板那儿回转来了，正要把那张钞票还给老乡，玛蒂轻轻接了过来。

店伙说，约翰逊老板很抱歉，据他得到的消息，该行的钞票几乎跟废纸一样了。

“我真不明白，”玛蒂小姐低声对我说，“县镇银行，是我们那家银行啊，是吗？”

“嗯，”我答道，“我觉得这块淡紫色料子和你帽子上的花边配起来再好也没有了。”我边说边把那块料子拿起来对住了光瞧，指望那个人快点儿走开。不过就在这个时候我心中突然闪过一个念头，我想既然那家银行已经落到了钞票也没人要的地步，那么现在让玛蒂小姐花大价钱买这种东西是否合适呢？

“该死！”

可是玛蒂小姐脸上却是一副她特有的温柔庄重的神情，这在平日虽然不易见到，但却丝毫也不做作，她轻轻按住了我的手说——

“等会儿再谈绸子的事，亲爱的。请问，先生，”她转脸向刚才和那个农民打交道的店伙问道，“这钞票是假的吗？”

“不，女士，一点儿也不假。是这么回事，那是家合股的银行，有消息说那银行就要倒闭了。约翰逊老板别无他法，我相信这位道孙先生是会谅解的。”

可是道孙先生对店伙那低低地一鞠躬，怎么也笑不起来，他心不在焉地把那张钞票搓来搓去，满脸沮丧地看着那个扎得好好的包着他刚选中的披肩的小包。

“对穷人来说这可真是够难受的，”他说，“每个子儿都是血汗挣来的呀。不过没有法子，伙计，披肩只好不买了，利捷只好先披披斗篷算了。这些无花果是我答应带给孩子们的，我买下来了。可这烟叶和别的东西——”

“来，我给您五个金镑，您这张钞票就换给我吧，好老乡，”玛蒂小姐说，“我想这一定是弄错了，我是这家银行的股东之一，要是有问题，他们应该会通知我。”

店伙从柜台后面探出身来附在玛蒂小姐耳边轻轻说了两句话，玛蒂小姐半信半疑地望着他。

“那也可能，”她说，“我对银行事务是一窍不通的，我只知道银行如果倒闭，拿着我们钞票的老实人要蒙受损失——我也说不清楚，”她说，突然想到在场有四个人在听她说话，“不过我还是情愿用我的钱来兑换那张钞票，请您换给我，”她转身对农民说，“那么您就可以把披肩买下来带给您妻子了。我衣料可以迟几天再买，”她对我说，“我想过几天一切就会清楚的。”

“要是结果很糟呢？”我问。

“咳，那么按做人的道理来讲，作为股东，我也应该把钱还给这位好老乡。这个道理我是完全明白的，不过您知道我没法像旁人那么一五一十地说个清楚。道孙先生，请您务必把那张钞票换给我，您就用这些金镑买东西吧。”

那个人满脸感激之情，不做一声地瞅着她，他结结巴巴的没法用语言来表达出他的谢意。他迟疑了一会，笨手笨脚地捏着那张钞票。

“我可不愿意让别人代我受损失，如果这算是个损失的话。不过，您瞧，五镑钱对一个有家小的人来说可不是一笔小数目呀。您可是说，十有八九这钞票过两天又会跟金镑一样值钱了吗？”

“没指望了，朋友。”店伙说。

“那么我更要换下来。”玛蒂小姐安详地说，硬把金镑塞到那个老乡手里，那个人慢吞吞地把他那张钞票放了下来。“对不起，我过一两天再来买绸子吧，或许过两天花样会更多呢。亲爱的，上楼去，好吗？”

我们兴致勃勃地细细看了展出的时装，好像衣料已经买妥就要照着样儿裁剪一样，一点也看不出刚才楼下那件小事对玛蒂小姐有什么影响。她用心研究着袖子的裁法和裙子的式样；有一两回她还跟我说，我们这个时候来真是再好也没有了，别人全不知道，我们尽可以从从容容地把那些帽子和披肩看个够。不过我总觉得楼上不见得真的只有我们两人，因为我看见有个人影躲躲闪闪的在挂着的衣服、斗篷之间穿来穿去。我趁其不备一下子转到了

“他迟疑了一会”

她的面前，原来是波尔小姐。她也穿着早上的衣服(因为她早上不戴假牙，所以总要蒙上一块面纱，这是她的晨装的一大特点)，也是为了同样的目的而来的。但是她很快就转身走了，她说，因为她头疼得厉害，没力气多说话。

下楼时，殷勤的约翰逊老板已经在那儿等着我们了，他听说了兑换钞票那回事，他倒是一片好意，真心想安慰安慰玛蒂小姐，但却有点欠考虑，他把真相一股脑儿全告诉了她。我只希望他得到的消息并不完全靠得住，照他的说法玛蒂小姐的钱等于是全丢掉了，那家银行一镑票额连一先令钱都付不出。幸好玛蒂小姐似乎还不完全相信，不过我不知道她的镇静是真是假，因为在克兰福镇像玛蒂小姐这种身份的女士在自我克制上都很有功夫。她们认为在商店里或是当着地位较低的人的面，决不能露出一星半点惊讶、伤心或者诸如此类的神色，否则便会有失身份。可是在回家的路上我们都没有说话。说来惭愧，玛蒂小姐那么果断地将那种钞票兑换下来很叫我有点心烦意乱，不以为然。我曾经决意要让她做上一件新的绸衣服，她盼了好久了。往常她总是优柔寡断，别人一句话就会使她改变主意。可这一回却毫不为之所动，我心里对这件事总有点不大痛快。

十二点过了，不知怎的我们都觉得时装展览已经看够，身体也是够疲倦的(实际上是心里不好过)，因此便不想再出门了。两人都没提到钞票的事；而后，不知怎么一来，我再也忍不住了，脱口而出问她是否觉得自己有责任用金镑把她见到的县镇银行的钞票全都换过来？话一出口我立刻后悔莫及，恨不能把自己的舌头咬掉。她一脸难受的神情，本来她心里就不好过了，我这句话看

“殷勤的约翰逊老板”

来更叫她苦恼。足足有一两分钟她没有吭声。不过这位好人儿一点也没有见怪的意思，过后她只是开口说：

“亲爱的，我知道自己没有主见，遇事常常不知道该怎么办才好。今儿上午我总算尽了自己的责任，我真是十分高兴，真的，那个可怜的人就站在我旁边。不过，要叫我反反复复地考虑万一出了这种或那种事儿该怎么办，那可真是太为难了。我想，还是先等一等，看看到底会出什么事再说吧。只要我不庸人自扰，事先过于忧虑，到时候总会有人帮我忙的，这点我毫不怀疑。亲爱的，你知道我不如狄布拉，要是她在世，她会留心这一切，绝不至于让他们把事弄得这么糟。”

虽然我们尽量谈些无关紧要的开心事，可是两人都觉得食欲不振。回到客厅后，玛蒂小姐打开写字桌，翻起账册来。我对上午说的那话后悔不已，不愿意再自以为高明，做出自己能帮她忙的样子，便独个儿心事重重地坐在一边烤火，让她一人皱着眉头，拿着支笔在那本划线本上算了起来。过了好一会儿她合上账册锁进抽屉里，拉了张椅子坐到我身旁。我把手轻轻放在她手上，她紧紧握住了没有做声。后来她强作镇定开口说：“要是银行倒闭，我一年要损失一百四十九镑十三先令四便士，收入只剩下十三镑了。”我攥紧她的手，不知道说什么好。天色已经暗了下来，看不清她的脸了，我只觉得她的手微微抖着。我知道她还有话要说，她声音有点哽咽：“唉，不知我这样说妥不妥当，我真高兴狄布拉死得早，没碰上这件事——她的心灵是太高贵，太不平凡了，这种破家荡产的生活她是无法忍受的。”

她提到她姐姐时就是这么两句话，其实这笔小财产正是姐姐做

“账册”

主买了那家倒霉的银行的股票。那晚我们很迟才点蜡烛，我们一言不发，闷闷地坐着，在烛光下干坐了好一阵，我们才觉得总得说点儿什么才成。

吃过茶之后我们拿起活计，强作欢颜地扯起闲话来，不过兴致很快真正提了上来，我们谈的仍然是那个谈不完的话题——格兰玛夫人的订婚，玛蒂逐渐觉得这几乎可以算得上是桩美事了。

“男人在家总难免会多些麻烦，这种说法我是同意的（尽管我父亲在世时情况并不是这样，他顶爱整洁了，进屋前总像女人一样把鞋子擦得干干净净）。不过，另一方面，男人遇到困难总会有办法，身边能有个男人作作依靠总是好事。这下子格兰玛夫人可以安家在波尔小姐、福列斯特太太这样一些善良、快乐的朋友中间，不必再像过去那样东西奔波了。霍金斯大夫长得挺神气的，要是说他礼节风度上欠缺一点，那也没有多大关系。我就认识几个心地善良、头脑聪明的人，他们的举止虽然说不上怎么文雅，可为人却是非常忠实温柔呢。”

她不知不觉地出神回忆起霍尔布洛克来，我没有去打断她，心里不停地盘算着一个计划。这个计划我已经考虑了好几天了，银行倒闭的消息逼得我非得作出决定不可。夜里，待玛蒂小姐上床以后，我又偷偷点起蜡烛，溜到厅里起草一封信，写给印度那个詹金斯。如果他是彼得，他一定会很感动，如果不是，那么整封信只不过像是说了一连串干巴巴的事实罢了。信写好时，教堂的钟已经敲过两点了。

第二天，官方通告和其他消息一起传到，县镇银行倒闭，玛蒂小姐破产了。

她对我说话时想竭力保持镇静，但是在谈到今后她每星期的生活费只剩下五个先令这个实际情况时，她再也忍不住，掉下了几滴眼泪。

“我倒不是为自己落泪，亲爱的，”她擦去了泪水，“只是心里有个傻念头，我在想，要是母亲知道了这事会有多难过。她老人家的心时时刻刻都放在儿女身上，一些儿也不顾自己。不过许多穷人收入还更少呢，我开销不大，谢谢老天，付掉羊脖子钱、玛莎的工钱和房租之后，我就没有欠账了。好玛莎，我想她也会舍不得离开我哪。”

玛蒂小姐脸上挂着泪水朝我微笑了，她巴不得我没看到她的眼泪，只看到她的笑容呢。

第十四章
患难之交

我觉得玛蒂小姐很可以做我以及很多人的榜样，境遇一变她立即采取措施紧缩开支。趁她下楼去把事情告诉玛莎的当儿，我带了昨夜写的那封信悄悄溜出大门，上魔术师那儿去打听那位詹金斯的详细地址。我请勃朗太太不要向别人说起这件事，好在她早年随军生活，已养成不爱多开口的脾气，除非感情冲动时话才多些。况且魔术师已基本痊愈，打算过几天就要动身到别处去演出，他们夫妇日内就要携着小女儿离开此地，这使我的秘密更为保险了。我去的时候看到魔术师正在研究一张红黑两色的大海报，上面详尽地介绍了意大利魔术师勃鲁诺尼的演出节目，只是空了一处预备填上他将要演出的地点。他们夫妇俩正全神贯注地商量着红体字放哪里最为醒目(这就像祈祷书中的大红标题那样重要)。我在一旁等了些时候才悄悄地提出我的问题，在这之前我还就那件大事替他们出了几个点子。魔术师不以为然，并讲出了他的理由，我马上对自己这方面的知识由衷地产生了怀疑。最后我终于得到了地址，我根据发音拼了出来一看，真是十分古怪。在回家的路上我把信投进了邮箱，然后站在那儿对着那个有条阔缝的木箱愣了好一会儿。信刚刚还在我手里，可是现在一块木板便将它和我隔开，从此它就像光阴一般一去不复返了。一个钟头之前它不过是一张寻寻常常的纸片儿，但这会儿却要远涉重洋，飞到恒河之畔那陌生而荒凉的地方去了。它要在海上颠簸，或许会被海浪打湿，它又会在棕榈丛中传递，沾上热带花草的芳香。不过我可不能老呆站在这儿啦，我得赶紧回去，免得玛蒂小姐牵挂。玛莎开了门，她脸儿哭得肿肿的，一见到我，她又哭了起来。她抓住我的胳臂把我拖了进去，砰的一声关好门，接着便问我玛蒂小姐说的是不是真话。

“我决不离开她，我是决计不走的。我跟她说，亏她怎么会想得出要辞退我，换了我，我可没脸这么做。费兹-亚当太太家的罗西干了七年半，为了争工钱不干了。我或许不见得比她能干，不过我眼里决不会光看见几个钱。我心里明白我找到了个好东家，不过她还不明白她也找到了个好仆人呢！”

她停下来抹眼泪，我便插嘴说：“玛莎，不过——”

“别对我说‘不过，不过’的。”她一下把我劝她的话顶了回来。

“把信投进了邮箱”

“别对我说‘不过，不过’的”

“听我把道理说明白。”

“我不要听您那个道理，”这会子她不再抽泣，嗓门便大了起来，“道理道理的，总是别人讲的有道理，这会儿我觉得我自己要说的也有道理得很呢，管它道理不道理的，我就是要这样讲，我决不让步。我在储备银行里有存款，我还有不少衣服。我是不会撇下玛蒂小姐的，就算她一天里每个钟头说一回也没有用。”

她双手叉着腰，像是在说她才不睬我这一套呢。说真的，我倒不知道该如何反驳她才好了。何况我想到玛蒂小姐年岁已不算小，身体又弱，正需要有这么一个忠心的好人儿来照应。

“好吧！——”我终于说。

“谢谢您说这话，要是您还像刚才一样尽说‘不过，不过’的，我可就不听您那一套了。请您往下说吧。”

“我知道，玛莎，你要是走了，玛蒂小姐是会感到非常不方便的。”

“我也对她这么说来着，我走了，她会后悔一辈子的。”玛莎得意洋洋地插嘴。

“不过，她的生活费只剩了那么一点儿，她拿什么来养你呢？她自个儿吃饭都成问题了。玛莎，我告诉你这话是因为觉得你也是亲爱的玛蒂小姐的朋友。你知道，她或许并不情愿别人提起这事来呢。”

显然，玛蒂小姐适才同她谈的并没有到这种地步，玛莎一屁股坐在身边一把椅子上，又放声哭了起来(我们是站在厨房里的)。

后来她总算放下围裙，恳切地望着我问道：“就是为了这个缘故，小姐今天才不要布丁的吧？她说她不想吃甜食，只要弄点羊排就行了。不过让我来，您别吱声，我来替她做布丁，她会很开心的。我来付钱，您让她吃下去。不少人烦恼时只要看到饭桌上有点好菜，心里就会好多了。”

我很高兴玛莎立刻行动起来忙着准备做布丁，省得缠着要我回答她那个麻烦的去留问题。她系上干净的围裙，准备出门去买奶油、鸡蛋和别的东西，家里现成的她一点儿也不肯动，只是从她装私蓄的旧茶壶里把钱掏出来。

我发觉玛蒂小姐默默坐在那里，满腹心事，愁闷极了。隔了一会，她勉强朝我笑了笑，我们俩商量了一下，决定由我写信请我父亲赶来出出主意。信写好寄出之后，我们便谈起将来的打算来。玛蒂小姐想只住一间房子，家具除必需之外全部卖去，付了房租之后多少还可有点余钱安安静静过日子。至于我，则并不以此为满足。像她这样五十来岁的老太太，年青时受过普通的教育（五十年前的女士们普遍都受过这种教育），是有办法挣些钱而又不降低自己的身份的。我把这些办法逐个儿想了一遍，末了只能暂且把这些想法搁一搁，因为我得先了解清楚玛蒂小姐究竟有什么谋生的本事。

自然，首先想到的便是教书，玛蒂小姐最喜爱小孩，要是教教书，她就可以成天和那些小家伙们泡在一起了。我把她各种本领估计了一下，记得有一回她说过会在钢琴上弹《啊！听我说，妈妈？》[1]，不过那是多年以前的事，如今她这点本领早已淡忘了。她从前也很会在薄纱上描刺绣花样，用一张上好的薄纸覆在

① 该曲名原文为法文：*Ah! Vous dirai-je，maman?*

花样上贴着窗玻璃，把边边眼眼全描下来，如果这也勉强可以算作绘画的话，她大概就只有这点儿本领了。我又想到了正规的英国女子教育的其他方面——刺绣、编结和地理——镇上女子学校里就教这些东西，克兰福镇的生意人都喜欢送女儿上这所学校。不过玛蒂小姐的眼力很是不济了，我怕她数不清绒线活计上的针数，眼下城里十分流行在毛线活计上织阿特莱王后的脸，要用深浅不同的毛线配色，这点她大概也难做到了。至于地球仪，我本人就一窍不通，因而也没法判断玛蒂小姐是不是内行，不过我记得她说过赤道啦，回归线啦，那些神秘莫测的圆圈在她看来全是胡乱想出来的线条，她以为黄道十二宫就像变妖术的残迹一样。

她自己觉得最为拿手的还是用花纸做成点蜡烛用的“小捻儿”（她总喜欢这样称呼），做得像羽毛一般，还有就是用各种漂亮的针子织袜带。她有回送给我一副，织得精致无比，事后我说道我倒真忍不住想要抛一条到大街上去，让过路人见识见识手工有多精巧。不料这个小小的笑话却使她大为恐慌，觉得未免有失体统。她心里着实发急，唯恐我真的会忍不住而付之于行动，看到她那副又急又怕的样儿，我倒有点后悔不该和她开这个玩笑。人人知道，玛蒂小姐最为尊贵的礼物便是一副织得十分考究的袜带、一束漂亮的花纸“捻儿”和一副用丝钱绕得稀奇古怪的纸牌。有谁肯花钱让女儿学这种本领呢？此外，玛蒂小姐这些精巧的小玩意儿全是为了至亲好友才做的，她肯不肯为了几个钱把那一手本领随便卖掉呢？

我又想到了朗读、书法和算术。每天早上念《圣经》时一遇到长的词儿她就要咳嗽，我想，要是读一篇讲世系的文章，那她一定会咳个没完了。她的字倒是写得很秀气——不过拼写真是太糟糕！她好像以为信里的词用得越古怪，越难拼，也就是对收信人越恭敬。她写给我的信拼写得十分正确，但同样几句话写信给我父亲就要变得像打谜语那样难懂了。

唉！要是有些小孩头脑机灵，乐于模仿，玛蒂小姐那耐心谦和的品质，温柔而知足的态度，倒可以作他们的榜样。不过，说到教学她却是一无所长。我左思右想，考虑了好久。玛莎跑来通知开饭了，她的脸哭得又红又肿。

玛蒂小姐有几个小小的爱好，平常玛莎总认为这些只是老年人的怪癖，根本不去理睬，相信过掉一会儿，五十八岁的老太太就会觉察到自己的举动太孩子气。不过今天玛莎对一切都是格外在意，面包切得厚薄恰到好处，再合玛蒂小姐的心意也没有了，她总是说她母亲从前就是这么切法的。窗帘拉了起来，遮住了邻居马厩那堵灰溜溜的砖墙，又留下一道缝隙让人可以窥见白杨树迎春绽出的新芽。玛莎对玛蒂小姐说话时的口气就像好心的粗声粗气的女仆平时对孩子说话那样一本正经，我还是第一回听见她用这样的口气同大人讲话。

我忘了告诉玛蒂小姐关于布丁的事了，我也有点担心她提不起精神，辜负了玛莎做布丁的一片美意，因为她这天胃口很不好。因此，趁玛莎把肉端走的当儿，我便把这个秘密告诉了她，玛蒂小姐双眼含满了泪花。不一会，玛莎双手高高地端着布丁走进来，布丁做成卧[1]狮式样，样子又生动又好看。玛蒂既惊讶又高

① “卧”原文为法文：couchant。

兴，感动得不知说什么才好。玛莎一脸的得意，快活地“喏”了一声，把布丁放在小姐面前。玛蒂小姐想开口道谢，却是说不出话来，她只是握着玛莎的手儿摇个不停，使得玛莎一下子又哭了起来，我也差点儿控制不住自己。玛莎转身冲出房间，玛蒂小姐清了一会儿嗓子才说出话来。她说：“亲爱的，我真想用个玻璃罩子把这个布丁罩起来呢。”一想到这头卧狮成了纪念品高高地蹲在壁炉上那块显眼的地方，瞪着一双葡萄干做的眼睛，真使我忍俊不禁，我笑出声来，使得玛蒂小姐有点儿诧异。

“亲爱的，我亲眼见过，有的玻璃罩子里放的东西还不如这个布丁中看呢！”她说。

“我也见过不少。”我极力收敛了笑容（我又有点忍不住要掉泪了），我俩吃起布丁来。滋味确是好极了——不过我俩心里太感动，每咽一口都要费好大力气。

我们的心事太多，讲话就少了，整个下午安安静静地过去了。等到茶壶端上来的时候，我忽然有了个新主意，玛蒂小姐不是可以卖茶叶吗？——那时有个东印度茶叶公司，玛蒂小姐可以当它的代销人啊？我觉得这个主意毫无不妥之处，好处倒有不少，只要玛蒂小姐并不认为做生意有失身份就行。茶叶既不腻，又不黏——她就怕又腻又黏的东西。卖茶叶也不需要什么大玻璃橱窗，只要一张小小的执照说明她登记获准经销茶叶就成了，我想那是可以放在没人注意的地方的。茶叶也不是什么重东西，玛蒂小姐身体虽弱也完全可以应付，唯一比较麻烦的事就只有买卖本身了。

我一面思忖着，一面随随便便应付着玛蒂小姐的话——她也几

“‘喏’了一声”

乎同样地心不在焉——忽然听得楼梯上响起一阵重重的脚步声，门像是被一种无形的力量开了又一下关了起来，门口有人在低声说着话。隔了一会儿玛莎进来了，她拉着一个又高又大的小伙子。小伙子脸膛臊得通红，手不住地捋着头发，似乎只有这样他才觉得自在一些。

“女士，瞧，他就是杰姆·赫恩。”玛莎介绍说。她直喘着气，方才一定是花了不少力气才硬把他拉进客厅和玛蒂尔德·詹金斯小姐见面。

“瞧，女士，他想马上就同我结婚。女士，我们想招个房客——一个安安静静的房客，这样开销就应付得过去了。我们房子只要舒服就行。亲爱的玛蒂小姐，我斗胆请您住到我们那里去，好吗？杰姆也是这样想，”（她对杰姆说）——“你这大傻瓜，就不能帮我说两句吗？——不过他是真心希望您能答应——对吗，杰姆？——喏，您瞧，他一见有身份的人就会变得呆头呆脑的。”

“不是的，”他开口说，“是你叫我吃了一惊，我可没想过这么快就要结婚——冷不丁一来当然叫人摸不着头脑。可是我并不反对这事，女士，”他对玛蒂说，“玛莎真是说到风就是雨，结婚，女士，别人说男人一结婚就算给拴住了，不过我是不会在乎的。”

“听，女士，”在他说话的时候，玛莎不是拽他的袖子就是用肘子顶他，要不就是想要打断他的话——“别听他的，他要再过一会儿脑子才会清楚呢。昨儿晚上他还来求我，我跟他讲过两年再说，他急坏了，求得也越厉害了。他这会儿只是猛地一下乐糊涂了。不过杰姆，你知道，你是同我一样要想找个房客的。”（又使劲用肘子撞了他一下。）

“他就是杰姆·赫恩”

“嘿，要是玛蒂小姐肯和我们住在一块儿，那敢情好——不然我是不喜欢和生人搅在一起的。”杰姆说漏了嘴，我看到玛莎发火了。她的意思是要说他们最需要的就是一个房客，要是玛蒂小姐愿意住到他们家里来，那就是帮他们解决了件麻烦事，给了他们面子。

这一对儿把玛蒂小姐闹糊涂了，他们，或者说玛莎突然结婚的决定，使她目瞪口呆，她一时没法领会玛莎心底的计划，她说——

“玛莎，婚姻大事可马虎不得啊！”

“一点儿不错，女士，”杰姆说，“我也是这么对玛莎说来着。”

“你老是盯着我，催我定日子结婚，”玛莎说，她脸涨得通红，急得直要掉泪，“这会儿你倒在我家女士面前叫我下不了台。”

“不，听我说，玛莎，别急，别急，一个人总要有喘口气的时间。”杰姆说，想握住玛莎的手，可是她躲开了。玛莎生这么大的气，是他始料不及的，他使出全身本事，以一种郑重其事的态度（十分钟之前我还料不到他会这样呢）认认真真地对玛蒂小姐说：“女士，我希望您知道，不管谁待玛莎好，我打心眼里便敬重谁。我总是把玛莎当成自己的妻子——总有一天她会嫁给我。她常常说您心肠最好不过了。虽然老实讲，我不喜欢和一般房客搅在一起，不过，要是女士您肯赏脸住到我们家里来，我敢担保玛莎一定会尽心尽力照应得您舒舒服服的。我一定尽量不打搅您，我是个粗人，别的事情就不能替您效劳了。”

玛蒂小姐摘下眼镜，揩了一揩，又戴了上去，慌得手忙脚乱，她嘴里只是说着：“别，别，千万别为了我的缘故忙着结婚，婚姻大事可马虎不得呀！”

“玛蒂尔德小姐是会考虑你的建议的，玛莎，”我说，觉得这对玛蒂很有好处，我想把她的话细细考虑一下，“她，还有我，永远都忘不了你，还有杰姆，你们二人的好意。”

“呃，是啊，女士！我肯定我是好心好意的，只是刚才猛然一下听到要结婚，急昏了，所以话没说清楚。我是一点意见也没有的，歇一会儿，让我习惯习惯就成了。来，玛莎，姑娘，哭得这么凶干吗？我挨近一点还要打我呀？”

最后那句话是低声咕哝的，玛莎一听便一下蹦出门去，小伙子连忙追了出去说好话赔不是。玛蒂小姐坐了下来，纵情地抹着眼泪，嘴里念叨着她没想到玛莎这么快就出嫁，全是为了她的缘故他们才忙着要结婚的，一想到这点她就觉得没法原谅自己。我心里倒是有点同情杰姆；我们俩对这朴实的一对儿的厚意都十分感动，不过对这一点我们谈得不多，我们主要是在议论终身大事的机缘以及婚姻的危险。

第二天一大早，我收到了波尔小姐的一封短柬，纸条折了又折，还加盖了好几道封章防人偷拆。我只好把它撕开来，展开信纸一看，条子写得隐晦曲折，我几乎看不懂是什么意思。最后我总算弄明白了，原来是要我在上午十一点上她家去一趟。那“十一”二字写得又大又长，并且用阿拉伯字又写了一遍。“上午”两个字用的大写，下面还划了两道杠杠，像是生怕我会在半夜十一点上门去似的——其实镇上的人十点钟全上床睡觉了。署名只有P.E.两个字母，玛莎把纸条交给我时曾说“波尔小姐向您问好”，因此是谁送的纸条一猜便知道了。写纸条的人不想把名字让旁人知道，巧得很，玛莎把纸条递给我时恰好没有其他人在场。

“小伙子连忙追了出去说好话赔不是”

我应约到波尔小姐家去了。开门的小侍女利捷像过礼拜天一样穿得整整齐齐，好像今天有什么大事似的。楼上的客厅也郑重其事地布置好了，桌上铺着最好的绿台布，上面摆着文具。小碗柜上放着只盘子，盘中是一瓶新打开的黄花草酒，还有一些小饼干。波尔小姐穿戴得整整齐齐，一副准备招待客人的打扮，虽说那时才十一点钟。福列斯特太太已经在座了，她正在悄悄地伤心地抹着眼泪，一见到我便又哭开了。没等我们悲悲切切地打完招呼，又响起了叩门声，费兹-亚当太太走了进来，因为赶路和兴奋的缘故脸儿红扑扑的。看来所约的人全到齐了，只见波尔小姐拨了拨火，把门开了一开又关上，随后又清了清嗓子，擤了擤鼻子，这些都是她在商量什么问题之前的习惯性动作。接着她把大家安排到桌边就座，特意让我坐到她的对面。一切停当后，她便开口询问我所传的那个消息是否属实，玛蒂小姐的财产真的丢光了吗？

我自然只能据实回答，听了我的话，在座的三位都难过极了，她们一片真情，我还从来没有见过有谁像她们这样伤心呢。

“要是贾米逊夫人在就好了。”福列斯特太太说。从费兹-亚当太太的脸色看得出她对此大不以为然。

“贾米逊夫人不在，我们在座的几位女士也能做点事，”波尔小姐的口气分明表示她对福列斯特太太的说法有点不满，“我想，我们虽算不上富有，但每人总还算薄有家产，足以保持纯洁高雅的兴趣而不至流于世俗的虚荣。”（我发现波尔小姐往手上一张纸条瞥了一眼，我想她一定事先在那上面写下了几句要紧的话。）

“费兹-亚当太太”

“史密斯小姐，”她朝我说（平日她都是亲昵地直呼我“玛丽”，不过现在可是个非同寻常的时刻），“昨天下午我已和在座的另两位女士私下谈论过我们好友的不幸，大家一致同意，既然我们收入尚略有宽余，大家觉得能尽力对玛蒂尔德·詹金斯小姐作些帮助，那不仅是一种责任，而且是一种快乐——一种真正的快乐，玛丽！”——说到这儿她有点儿哽住了，便擦了擦眼镜，然后才接着讲下去，“但是考虑到每位高雅的女士感情上不愿轻易接受别人的赠与，”——我相信她又看了看那张纸条儿——“我们希望能以一种秘密的方式进行帮助，以免伤害我刚才提到的那种感情。今天请您光临的原因是，考虑到令尊——实际上令尊相当于她的财政顾问，所以，劳驾您与令尊商议，设法让我们的捐助看来像法律上规定是属于玛蒂尔德·詹金斯小姐的东西，她应该接受下来。令尊或许熟悉她的财产情况，具体细节可由令尊决定。”

波尔小姐结束了发言，她挨个儿看了看大家，希望大家表示赞同。

“我的话说完了，诸位，意思说清楚了吧？现在让史密斯小姐考虑一下答复的事，同时请各位用些点心吧。”

我没有多少话要说，对她们的好意我内心感激万分，无需再一一赘述。我只是喃喃地说：“我一定将波尔小姐的意思转告家父，只要能为亲爱的玛蒂小姐——”我说不下去了，这两三天来我一直拼命忍着不让自己流泪，这会儿却再也熬不住哭出声来，我赶紧端起杯子饮了一杯酒才算止住。糟糕的是三位女士也跟着我哭了起来。波尔小姐曾说过上百次，在人前哭泣是软弱和缺乏自制力的表现，但此刻她也抹起了眼泪。她收住眼泪之后对我稍许有点气恼，因为这事全怨我引的头。此外，我看还有一个更重要的原因，就是我对她那席演说没能致一个答词，让她大为扫兴。不过，要是我事先能准备好要说的话，再把话记在小纸条上拿在手里，时时看上一眼来表达心中的感情，我想我是一定会尽力让她心满意足的。等大家平静下来后，便轮到福列斯特太太发言了。

"我不怕告诉朋友们，我——不，我不穷，但也算不上很有钱，我倒是希望钱多些，可以为亲爱的玛蒂小姐——不过，这样吧，我还是把自己能出的数目写下来封好吧，数目不算很大，亲爱的玛丽，我真希望能多出一点呢。"

这时候我才明白桌上为什么准备着钢笔、墨水和纸张。每位女士都写下一年能捐助多少钱，然后签上名字再加封，数目只有本人知道。我父亲如果赞同她们的计划，纸条就由他打开，但是要绝对保密；要是不同意这么做，那么纸条便退还本人。

仪式完毕后，我起身打算走了。但是每位女士似乎都想跟我个别谈上几句。波尔小姐把我引到客厅里告诉我，因为贾米逊夫人还没回来，她才决定带头发起这个"运动"（她喜欢用这个词儿）。她又告诉我说，她得到可靠的消息，贾米逊夫人快回来了，对她妯娌气得要命，格兰玛夫人马上就要离开她的家，据说今天下午便要回爱丁堡一趟。这些话自然不能当着费兹-亚当太太的面讲，况且波尔小姐认为格兰玛夫人和霍金斯大夫订亲是顶不住贾米逊夫人的怒火的，最后波尔小姐诚心诚意地询问了玛蒂小姐的身体状况，我们的谈话也就结束了。

走下楼梯时我看到福列斯特太太正在饭厅门口等着我，她把我拉了进去。门一关上，她吞吞吐吐开了口。她接连两三遍，想要说什么话，可就是讲不出口来，我简直以为再也没法弄清楚她的意思了。到后来她总算说了出来，可怜的老太太一面说一面发抖，好像是犯了什么弥天大罪在招供似的。她告诉我她的年金实在少得可怜，她和玛蒂小姐是那么要好，但是纸条上写的数目却不大，她委实没有力量，她生怕别人不能谅解。其实，她诚心诚意捐出来的钱要超过她收入的二十分之一以上呢。她就靠着那点儿收入租房子，雇个小侍女，维持泰勒尔家出身的场面。对一年收入还不到一百镑的人来说，抽二十分之一出来非要精打细算一番，在不少方面刻苦俭省才行。当然，在有钱人眼里这点钱是算不了什么的，但是在她那本账簿上意义便不大相同了。她说了好几遍她只恨自己钱少，这倒不是为自己着想，她是一心希望能够为玛蒂小姐多出点儿力。

我安慰了她好一阵才得脱身，正要跨出大门却又被费兹-亚当太太截住了。她和我谈的心腹话恰恰和前一位的相反。她不愿意把她要捐的数目全写在纸上，她说她决不敢忘了自己身份，写那么大的数目给玛蒂小姐，否则她真要没脸再见小姐的面了。她说："玛蒂小姐年青时是一位上等人家的漂亮小姐，我那时只是个乡下姑娘，经常拿着鸡蛋、奶油之类赶集。我父亲的生活虽然很过得去，但他总要我照我母亲以前的样儿做。每星期六我总要到镇上来，照管买卖，打听价钱，什么都要干。我记得有一天在通到康赫斯去的一条小巷里遇见了她，她在人行道上走，您知道那是高出路面一大截的，旁边一位先生骑着马和她在说着话。她低着头只管瞧着才摘来的樱草花，把花儿扯成一瓣一瓣的，我看得出她是在哭。走过我身边之后，她又转过身来赶上我，向我探问——噢，她心真好——我母亲的病情。我母亲那时快要过世了，我哭了起来，她握住我的手安慰我，那位先生一直在等着，我相信可怜的母亲那时准有满腹的心事。她是教区长的小姐，到阿莱大厅做过客，她那样同我说话，真使我十分荣幸。打那时候起，我就十分敬爱她，不过我也许不配这样。要是您能想个法子让我可以多拿些钱出来，别人又不会知道，那我可真要好好谢谢您了，亲爱的。我兄弟也十分愿意为她治病——药费、诊金都不要。我知道他跟那位夫人（亲爱的，我刚才跟您提到了我年青时的事，那时候，我根本想不到一位贵夫人会成为我的弟媳的）都十分愿意为她出力，我们全是这样。”

我告诉她，我完全相信她的话，为了急于回家，便把她的要求一股脑儿都应承下来。我出门已有两个钟头，事先又没有告诉玛蒂一声，她一定会为我着急。不过，还好她对时间的长短没多在意，她正忙着整理各种各样的零碎东西，准备离开那幢宅子。她在忙着干这些紧缩开支的事情时心里倒觉得轻松些，她说她手里一闲就会想起那个拿着那张没用的钞票的可怜人，觉得自己做了亏心事。不过，要是这件事使她这样不安，那么那帮银行董事对此又是如何着想呢？那些人对银行倒闭的悲惨后果是完全清楚的。她认为那些董事也和她自己这类受害者一样值得同情，她说那些董事管理不善，有负别人所托，良心上一定很痛苦，这几句话使我差点动了气。照她的说法是穷一点还能挨，良心上觉得内疚倒是最为难受的。老实说，我心中暗想那些董事们不见得会同意她这种说法。

收藏了多年的东西全拿了出来，估计了一下大约能值多少钱。幸亏这些东西都所值无几，否则，真不知道玛蒂小姐怎能舍得和那些宝贝分手呢。在这其中便有她母亲的结婚戒指，她父亲的一只奇形怪状的胸针，常把他衬衫花边搞得不成样子。不过我们还是把各种物件按照估价分了档，各事预备停当，就等我父亲第二天上午来了。

我不打算多谈父亲来后处理这一切的细节了，原因之一便是我对当时自己所做的事根本就不甚了然，因此也早就忘个精光了。玛蒂小姐和我在一边干坐着，对父亲准备的账目、文件、计划书、报告书一个劲儿点头，实际上我俩一个字也不懂。我父亲头脑敏锐，处事果断，办理这类事务最为拿手了。哪怕只要我们稍微问一声或者有一丁点儿想不通的表示，他立刻毫不客气地说："哎！哎！这不就像大白天一样清楚吗？你们有什么不同意见啊？"因为我们俩对他的主意、办法一点也不懂，当然提不出什么意见来，实际上我们也不会有什么异议。所以每当父亲话音一落，玛蒂小姐总要赶紧加上一句"不错"或者"当然"，也不管父亲有没有问到她。有一回玛蒂小姐战战兢兢讲了句"的的确确"，我也随着附和了一声，父亲霍地掉过头来追问我说："什么东西的的确确啊？"说实话，直到今天我还不明白呢。不过平心而论，父亲从德伦布尔赶来帮玛蒂小姐的忙也是硬挤出来的时间，当时他自己的事务也不怎么顺当呢。

玛蒂小姐走出房间预备午餐时——她想好好招待一下我父

亲，又想到她眼下一贫如洗，无力多花钱，心里苦恼得很——我把前一天本地几位女士在波尔小姐家开会的情况告诉了父亲。他一边听我说，一边把手放在面前用刷子刷着。我又说到玛莎提出要玛蒂小姐做她的房客，父亲站起来踱到窗前，用指尖叩着玻璃。不一会他突然转过身来说："瞧，玛丽，纯洁善良的人有多少朋友啊！嘿，我要是牧师的话准可以用它好好讲一次道。可惜我不是，凑不出多少话来说，但我知道你一定明白我的意思。午饭后你跟我出去散散步，把这些打算再好好谈一谈。"

午餐送上来了，是又热又香的羊排，冷盆是炒牛腰片，每盆菜都吃了个精光，玛莎满意极了。父亲直截了当地跟玛蒂小姐说他想和我单独谈谈，他要出去看看熟悉的地方，过后由我把商量停当的计划告诉她。我们正要出门的时候，玛蒂小姐又把我招了回去。她说："记着，亲爱的，就剩下我一个人了——我的意思是不论我做什么都不会带累别人了。只要是正派事，我什么都肯干。我想要是狄布拉知道了，她也不会怪我有失身份的。你看，亲爱的，她是会知道这一切的。只要告诉我该怎样去做就行，尽可能把钱付给那些穷人。"

我亲亲热热地吻了她一下，便跑去追上父亲。我们商量的结果是这样：如果各方同意，玛莎和杰姆尽快举行婚礼，他们就在现在这幢宅子里住下，镇上女士们赠与的年金足够付去一大半房租了，至于生活费方面玛蒂小姐还得出多少钱，则由玛莎决定。谈到变卖东西，父亲起先颇感怀疑，他说教区长那套家具尽管使用得十分当心，保管得也很不错，但毕竟卖不了几个钱。与县镇银行的债务相比，这笔小数目只不过是大海中的一滴水罢了。但我

“用指尖叩着玻璃”

告诉父亲玛蒂小姐决意尽力凑钱替银行还债，只有这样她才觉得问心无愧，我尤其提到了那五镑钞票的事，父亲这才让了步，同意将家具拍卖，不过他还是将我责怪了一顿，说我不该让玛蒂小姐干换钞票这种傻事。至于我那个主意，就是说让玛蒂小姐经营茶叶买卖，我几乎想作罢了，但我还是跟父亲说了一下。真是出乎意料，父亲以一种生意人的热情抓住这主意不放。我觉得他真好像在打如意算盘，立刻算出做这个买卖一年大约可以赚个二十多镑，小饭厅改成铺面并不会有失体统，一张桌子当柜台，一扇窗子保持原状，另一扇改做玻璃门，我这点子出得不错，父亲显然对我很有好评，我只希望玛蒂小姐别因此对我们父女觉得反感。

不过玛蒂小姐极其耐心，对我们的安排没有一点儿不满意的地方。她说她明白我们会尽力帮她的忙。她只有一个希望，一个条件，就是凡是可以算作是她欠的债，她要全部偿还，一个子儿也不少，这是为了她父亲的缘故，他生前受到本地人人的敬重。父亲早就和我说定尽量少谈银行的事，尽可能避免提到它。计划中有几处她显然是莫名其妙，可想到我早上提问题碰钉子的事，她就不敢贸然多问了，因此一切谈得顺顺当当。在她这方面她只希望不要有人为了她的缘故而匆忙结婚。等我们提到让她开个茶叶铺子时，她显然吓了一跳，但并不是觉得这有失身份，而是不相信自己有本事过这么一种新生活。她怯生生地表示自己情愿节衣缩食一些，做买卖她怕一点儿也不在行。不过，看到我父亲执意要她试试，她叹口气说试试也好，要是干不来当然可以作罢。她觉得一桩好处是没什么男人来买茶叶，她特别怕男人，他们嗓门大，说起话来不肯饶人，算账、数找头又是飞快，实在叫她吃不消。喏，要是让她专卖糖果给小孩们，她倒是一定能让他们称心如意的。

第十五章

团　圆

在我离开克兰福镇回家之前一切全替玛蒂小姐安顿好了。玛蒂小姐经营茶叶买卖这一事连贾米逊夫人也同意了，这位头头花了好几天时间考虑现在玛蒂小姐这种身份还有没有资格参加克兰福镇社交圈子的活动。我觉得她最后作出的那个决定是存心要给格兰玛夫人一点难堪，她说女人嫁夫随夫，这是天经地义，而未出阁的女子则享有她父亲的门第身份，因此女士们尽可上门到玛蒂小姐那儿做客。至于格兰玛夫人呢，不管准不准许，镇里的女士们都想上她那儿去看看。

可是，当我们听说霍金斯先生和太太下星期二就要回来时，大家是多么惊奇——又是多么沮丧呀！霍金斯太太！她真的为了出风头放弃了那个名位，贵族变成了平民百姓！她本可以一辈子保有格兰玛夫人这个名号的呀！贾米逊夫人很是开心，她说第一次见面时她就看出那个家伙趣味低下，现在证明真是一点不错。可是“那个家伙”礼拜天上教堂时却是喜气洋洋。我们觉得毫无必要放下面纱遮住半边脸，不朝霍金斯夫妇坐的地方看。只有贾米逊夫人一人除外，因此她就没有看见大夫容光焕发的笑脸和他太太脸上一阵阵幸福的红晕。玛莎和杰姆也是第一遭一块儿进教堂，很难判断这两对新婚夫妇中哪一对更神气些。霍金斯夫妇请客那天贾米逊夫人把百叶窗关了个死紧，像是办丧事似的，这样她心里才觉得好过了一些。《圣詹姆士纪事报》登载了他们的结婚启事，贾米逊夫人一气之下几乎想从此不订这份报纸，大家费了好大口舌才把她劝转过来。

玛蒂小姐变卖家具的事进行得很顺当，起居室和卧室的家具留了下来，起居室先归她用，要是玛莎将来还有别的房客要这间房，她就让出来。她的东西全塞在这两间房里，拍卖商告诉她这是拍卖时她的一位不肯出面的朋友出钱替她买下来的，我有些疑心这是费兹-亚当太太干的事，不过一定是有人帮她出主意，这个人知道什么东西与玛蒂小姐的早年生活关系最紧密，她最最割舍不开。其余的房间当然是空出来了，只有一个小房间除外，父亲让我把这一小间里的家具买了下来，以备万一玛蒂小姐有个病痛时我好来此照料。

我把自己的那点儿私蓄全买了各式各样的糖果甜食，这样便可以把小孩们招引到她身边来，这是玛蒂小姐最高兴的。茶叶装在

“大夫容光焕发的笑脸”

铮亮的绿罐子里，糖果则放在玻璃瓶中，一张方桌充作柜台。开张的前一晚，我和玛蒂小姐打量着身边这些摆设，心中真是得意洋洋。玛莎小姐把地板擦洗得再干净也没有了，她还在柜台前的地板上铺了一块亮亮的油布让顾客站脚。墙壁粉刷一新，气味很是好闻，一块上写“玛蒂尔德·詹金斯，特许经营茶叶”的牌子藏在新门的门楣后面。两只大茶叶箱放在边上，箱子上是些奇怪的字儿，茶叶罐里的茶叶就是从那里取出来的。

还有一件事我早就该提了。玛蒂小姐起初心里总觉得有些过意不去，因为城里本就有约翰逊的铺子兼营着茶叶，她觉得先应该和约翰逊老板打个招呼，于是便瞒着我到他铺子里去了一趟，把自己的打算告诉约翰逊老板，问他这样是否有损于他的买卖。我父亲把她这个举动称作是“胡闹”，说：“要是做生意的都这么你来我往的商议照顾对方的利润，那还讲什么竞争，买卖又怎么做得下去？”这在德伦布尔或许行不通，不过在克兰福镇效果却极好。因为约翰逊老板不仅和蔼地打消了她的顾虑，说她经营茶叶对他全无妨碍，而且据我所知他还不断把自己那儿的顾客打发到玛蒂小姐这边来，说是他铺子里的茶叶都是一般货色，而詹金斯小姐那里有各类精品。生活优裕的生意人和有钱的农家主妇最欣赏高价的上好茶叶，一般上流人家喜欢买的功夫茶、色种茶之类，他们却不屑一顾，他们买的仅限于优质珠茶和白毫红茶。

还是回过来谈谈玛蒂小姐吧，她待人诚恳公道，毫无私心。和她打交道的人总会受到她的影响，看到这一点真叫人高兴。她好像从来没有想到有人会骗她，因为她自己就决不肯欺骗别人。有一回我听到卖煤的人极力向她担保分量准足，她心平气和地打断了他的话："我知道，没错儿，要是短了分量，您是会过意不去的。"我想，要是这一回分量真有点不足，那么下次就肯定不会了。她对别人毫不起疑，欺骗她的人一定会觉得自己可耻，因为那就像是欺骗孩子一样。不过父亲说："这样老实或许只有在克兰福镇才行得通，换了别的地方可绝对不成。"依我看这个世界一定是坏得透顶，因为父亲对每个和他打交道的人都不放心，尽管他谨慎提防，可就在去年一年里他还是给骗走了上千镑的钱。

我在那儿还住了一段时候，帮助玛蒂小姐安排新的生活，同时收拾捆扎书籍。现任教区长把书买下了，他事前给玛蒂小姐写了一封极为客气的信，说："故詹金斯先生之藏书精美绝伦，如蒙惠让将不胜庆幸，书价不论，当如数奉上。"玛蒂小姐同意了他的要求，悲喜交集地庆幸这些书又回到教区长那所宅子里，重新排在那些书架上。教区长又打发人来说他房里地方不够，恐怕安置不了，故而请玛蒂小姐同意他留一部分下来，借摆在她书架上。可是玛蒂小姐说她手头已有了《圣经》和《约翰逊大词典》，今后恐怕也没有多少时间看书了。即使这样，教区长的盛情难却，我还是挑了几本书留下来。

教区长付的书钱和卖家具的款子一部分作了做茶叶生意的资本，一部分存了起来，以备不时之需，如年老、疾病之类。数字确实不大，不过却是扯了些谎瞒住她(从理论上讲这样不妥当，我也最好不这样做)。大家都清楚，一旦让玛蒂小姐知道替她存了些钱，她是不会安心的，因为银行的债务尚未还清。另外，朋友们替她付房租的事也没让她晓得。我本来倒是想告诉她的，可是那几位小姐都不愿公开，因为这样倒很有一种神秘的意味。起初玛蒂小姐问了玛莎好几遍，哪来的钱开销这一笔房租，玛莎不得不想了好些话支支吾吾来搪塞。后来玛蒂小姐对这种种安排习以为常，也就把这事忘了。

我很放心地离开了玛蒂小姐。头一两天茶叶生意之好真正是大大出乎我的意料，好像附近家家户户都出门买茶叶似的。我对玛蒂小姐做生意只有一点不满意的地方，我希望她加以改进，那就是她不该老是苦苦相劝顾客不要买绿茶，她说绿茶会使人慢性中毒，对人的神经有害处，从这上头会生出无数坏事来。不过并没有多少顾客听从她的劝告，这一点使她很伤心。我很担心她兴许就此把这种交易停下来，损失一半的买卖。我便绞尽脑汁想找几个例子来证明常饮绿茶有延年益寿之效。最后我想出了一个例子把问题解决了，我对她说，各人体质不同，不能一概而论，例如爱斯基摩人最爱吃鲸油和兽脂蜡烛，他们一样能消化吸收。以后她承认“这个人的佳肴很可能是另一个人的毒药”这句老话并非没有道理。而且从此看见过于年青无知的顾客，便偶然规劝一句，说是绿茶对某些人的体质有害无益；遇到年纪较大的人坚持要买时，则习惯性地叹上一口气，觉得他们挑得未免太不精明了。这么一来，她倒也心安理得了。

我至少每隔三个月就要从德伦布尔来一趟，结结账目，再处理一些营业上往来的信件。说到信件，一想起那封给印度的詹金斯的信，我脸上就不由有点儿发烧；幸好我没跟别人讲起过这事，我只希望那封信在半路丢失了。那封信一直没有回音，也没有其他消息。

大约是在玛蒂小姐开店之后一年，我收到玛莎一封诘屈聱牙的信，她要我马上到克兰福镇去。我怕是玛蒂小姐病倒了，当天下午便动身了。玛莎开门见了我还吃了一惊。我们像往常一样先走进厨房，她总在那儿把要紧事情私下告诉我。玛莎告诉我，她一两个星期内就要分娩了，玛蒂小姐看起来对此还是毫无觉察，因此她要我向小姐讲讲。“真的，小姐，”她接着说，神经质地哭了起来，“我怕她会不高兴呢，总得有人照应她呀，我起不了床，谁来帮忙呢？”

我安慰了她，告诉她我可以留下来，等她能够起床了再走。我只是奇怪，她为什么十万火急地把我召来，要不我倒还可以带上些需用的衣物。可是玛莎却是伤心透了，哭得像个泪人儿，我只好尽量不说别的，想方设法安慰她。她一脑袋胡思乱想，像是有什么大祸临头似的。

接着我偷偷溜出房门，装成顾客模样踱到铺子门口，一方面是想让玛蒂吃一惊，另一方面也是去看看她是怎么做生意的。时值五月，天气暖和，小门只关了半扇，玛蒂小姐坐在柜台后面，手里织着一副复杂精巧的袜带。不过在我觉得复杂，在她却是不当一回事儿，因为就在她针儿飞快地一上一下的当儿，她还在轻声地哼着歌。当然，搞音乐的人听了决不会说那也称得上是歌，因为并没有什么音调，只是柔声哼哼着。从那调子我听不出她哼的是什么，但从那词儿却听得出来那是根据《诗篇一百首》谱写的歌曲，她那柔和的声音说明她很是满足。我站在街上正对着大门的地方，觉得十分快活，心情正和那迷人的五月天气相称。我跨进门去，她没有立刻认出我，站起身来准备招呼，待到一看清楚，她高兴得把手里的绒线球也丢了下来，旁边的小猫咪立刻就扑了上去。谈了几句之后我发现玛莎说得一点不错，她对那桩喜事一无所知。所以我想还是暂不说穿，听其自然，等我手里抱着娃娃到她跟前，再替玛莎求得她的谅解；玛莎毫无道理地瞎担心，以为玛蒂小姐肯定不会原谅她，因为她需要分神照顾娃娃，对玛蒂小姐就不能尽心尽力了。

我料得不错，我想这多少有点遗传的关系，因为父亲常说他的判断极少有误。不到一个礼拜，一天早上，我抱着个小法兰绒包去找玛蒂小姐，她一见到我手上的娃娃便惊讶得说不出话来。她请我把她的眼镜从梳妆台上拿来，她戴上眼镜又亲热又好奇地端详着，她不住地惊叹这么个小东西居然长得四肢俱全，一样也不缺。那一整天她都显得万分诧异，屏着气踮起脚走路。她悄悄走到玛莎床边，两人快活得直淌眼泪。她向杰姆道喜，讲了几句却不知如何收尾，小伙子也不知所措，幸亏铺子里响起一阵门铃声，她赶紧跑了开去，这才算把两人从窘境中解脱出来。老实的小伙子得意非凡，却又是羞涩万分。我向他贺喜时他光是使劲握住了我的手，直到现在我还觉得手有点儿疼呢。

玛莎不能起床，我便忙了起来。玛蒂小姐由我照应，我替她煮饭、算账，还要留心她茶叶罐、糖果瓶有没有装满。有时我也到店里帮帮忙，那倒也是挺有意思的，不过看到她做生意的方式又有点儿令人担心。小孩来买一盎司杏仁糖，应该是四大块，可她总要再添上一块，说是让“分量足些”，实际上秤已是十分足了。我向她指出来，她只是说：“让小家伙高兴高兴！”我告诉她说加这一块就有四分之一盎司，生意这么做简直是在赔钱，可是仍然没用。我想起绿茶的事，便决定以其人之道还治其人之身，我告诉她杏仁糖无益于健康，小孩多吃了尤其有害，这一着果然奏了点效，从此以后她便不再加那块糖了，但是她却叫孩子们摊开

“道喜”

小手来，再放上一块薄荷糖或是几块姜饼，免得光吃杏仁糖有损于健康。这样做糖果生意自然是毫无好处可言，所幸她一年来在茶叶上赚了二十多镑。特别令我欣慰的是她现在已经习惯了这个行当，再不讨厌它了。这门生意使她和许多街坊交往更加密切起来。她的秤当然是十十足足，顾客上门总要带上点儿小小的土产送给“老教区长的小姐”，诸如一块奶酪呀，几个新下的蛋呀，几只刚成熟的水果呀，一束鲜花呀，等等。她告诉我，有时柜台上都堆得满满的。

镇上一切照常，贾米逊和霍金斯两家仍旧不相往来，不过只是一方怒目而视，另一方似乎并不怎么介意。霍金斯夫妇日子过得很美满，人在福中脾气好，他们很愿意与别人和睦相处。霍金斯太太真心想和贾米逊夫人言归于好，可是贾米逊夫人却把他们美满的生活看成是对格兰玛家族的侮辱，她仍是这一世家的成员，为此觉得十分荣耀，对别人的友好表示顽固地置之不理。莫林纳像个忠心的族人似的一直非常起劲地陪在她身边，在路上不论遇见霍金斯夫妇中的哪一位，他总要避到街对面去，装出一副潜心思索人生真谛，特别是他自己的生活之路的样子，等他们走过了才抬起头。波尔小姐总是纳罕着一旦贾米逊夫人、莫林纳或者家里其他人生起病来，贾米逊夫人可怎么办，她那样待人，总不至于还有脸去请霍金斯大夫吧。波尔小姐巴不得贾米逊夫人或是她家里的仆人碰到点儿病痛，好叫镇上的人看看她有什么法子来对付这个尴尬局面。

玛莎能够起床走动了，我也决定不久之后动身回家。一天下午，我和玛蒂小姐坐在店堂里——我记得，那天比三个礼拜前我来时要凉些，房门全关着，还生了个火——我们看到一位先生慢慢走过窗前，在门口停下来，像是在寻找那块我们小心翼翼地藏在

“一副潜心思索的样子”

门后的招牌。他戴上眼镜看了一阵，终于在门楣上找到了它，便迈进门来。我脑中突然闪过一个念头，这个人一定是印度的那个詹金斯！因为他的衣着裁剪很古怪，带有一种异国情调，他一定是晒了不少太阳，脸膛黑黑的，一头白发衬着他棕色的皮肤显得黑白分明，他眼珠子又黑又亮，看东西时总喜欢眯起双眼，皱起腮帮，弄得一脸皱纹。他进门来之后就是这样看着玛蒂的。开始他瞧了我一眼，随后就像我刚才描绘的那样细细端详起玛蒂小姐来。玛蒂小姐有些坐立不安，不知所措，男人上门来她总是这样不自在，她估摸着他会摸出一张钞票或是一个金镑来，要她找钱，她顶怕找钱了。不过眼前这位顾客光是在她面前站着，一声不吭，目不转睛地看着她，手指还不停地弹着桌子，那神态与詹金斯小姐生前一般无二。玛蒂小姐正想开口问他要买什么东西（她事后这样告诉我），他却突然向我转过身来问道："您是玛丽·史密斯吧？"

"是的。"我答道。

这人是谁是再清楚不过了，我只是想接下来他会说什么或干什么，还有玛蒂小姐如何经受得住这一突如其来的欢乐。显然他也不知道怎样开口才好，于是便掉转头看看能买点什么东西，为的是好再拖延些时间。恰好他的目光落在杏仁糖上，便鼓起勇气要一磅"那种玩意儿"。我想店里的存货总共也不到那个分量，而且，一下子要买那么多杏仁糖，玛蒂小姐真怕他吃下去有碍消化，便抬起头准备劝他少买一些。来客一脸的柔情触动了她的心弦，她认出来了，她说："噢——啊，先生，您不是彼得吗？"她从头到脚战抖起来。来客马上绕过桌子一把抱住了她，哽咽着，不过因为上了年纪，并没有流泪。我给玛蒂小姐端来一杯酒，因为她脸色大变，使我和彼得吃惊不小。他不住地说着："我来得太突然，吓着你了，玛蒂——真吓着你了，我的小姐姐！"

我提议立刻上楼到客厅里去，让她在沙发上躺一躺。她贪婪地看着兄弟，即使在几乎要昏厥过去的当儿也还是紧紧攥住他的手，彼得再三担保他决不再离开她，她才让他扶着上了楼。

我想我的当务之急便是放一壶水到炉子上好早一些烧茶，然后再去照管铺子，让他们姐弟开怀畅叙一番千种乡思万般别情。我也把这大喜事告诉了玛莎，她激动得泪水夺眶而出，使我也几乎禁不住要掉泪。过后她又翻来覆去地追问我，来客是不是真是玛蒂小姐的兄弟，因为我提到他满头花白头发，而她一向都听说小姐的兄弟是个漂亮的小伙子。喝茶的时候，玛蒂小姐也为这件事纳闷，她被安顿在彼得对面的大安乐椅里，好让她把兄弟尽情看个够。她只是一个劲儿盯着兄弟看，茶也顾不上喝，更不用说吃东西了。

"我想人在热带一定老得快，"她像是在自言自语，"你走的时候头上一丝白发也没有呢。"

"那有多少年了呀！"彼得笑了。

"嗯，一点不错，恐怕我们俩全都上了年纪了。不过我总没想到我们会这么老！彼得，你一头白发也很好看。"她接着说，有点儿担心她刚才几句话会惹兄弟不高兴。

"看来我也把时间给忘了，玛蒂，你猜我从印度给你带什么来了？我箱子里给你带了件印度薄纱外衣和一串珍珠项链，现在还在朴茨茅斯没到呢。"想到他的礼物和姐姐的外貌那么不相称，他不由哑然失笑了。不过这一点她并没在意，她只是被这两件漂亮礼物迷住了。我看得出来，有那么一会儿她心里尽是高兴地想象着自己那么打扮的模样，她本能地抬手摸摸脖子——据波尔小姐告诉我，她年青时脖子出名地细腻，但现在她总是用一块薄纱围着。她的手一下触到了纱围巾，记起了自己的年龄，她知道自己再也不适宜戴项链了。她说："恐怕我年纪太大了。不过，你真好，还想到带这些东西来。我从前——我年青时候就想要这些东西啊。"

"我知道，小姐姐，我记得你喜爱的东西，那是和亲爱的妈妈一样的。"提起母亲，姐弟俩更加亲热地握住了对方的手，不过并没有作声，我想要是我不在场他们一定会有话说的。我站起身来打算去把我的房间收拾一下，晚上让彼得睡，我和玛蒂小姐挤一挤。看到我要走开，彼得连忙站起来："我得到乔治饭店去订个房间，我的手提包还放在那儿呢。"

"不！"玛蒂小姐发急了，"你千万别走，别走，亲爱的彼得——玛丽，请——噢，你别走！"

看她急成那副样子，我们对她只能是有求必应了。彼得坐下来把手伸给她，她双手紧紧捧住，像是唯恐他会溜走似的。我便起身收拾房间去了。

那天夜里我跟玛蒂小姐谈了又谈，一直到东方发白。她把她兄弟这些年来的生活都对我讲了，那是他们俩待在一起时彼得告诉她的。她说她一切都非常清楚了，不过我对她所说的话却不甚了然。后来等我和彼得比较相熟时又问过他，他对我的好奇心直发笑。他讲的那些经历听起来就像是孟豪森男爵①历险记一般，我想他一定是同我开玩笑。玛蒂那夜告诉我说，他曾经参加围攻仰

① 孟豪森男爵(Baron Munchausen)，德国探险家，1785 年，拉斯佩(R. Raspe)以他为主角写了一本书在伦敦出版，叙述了他荒诞不经的奇遇。

光，被缅甸人俘虏了去，后来那个小部落的酋长病重危险，他给他放了血，救了那酋长的命，因此他们对他十分优待，给了他自由。他当了几年俘虏获释之后，发现他寄往英国的信全退了回来，信封上打着“死亡”的戳子，他心想家里已经没人了，便在当地种起靛青来。他对那儿的风土人情已经习惯了，打算就在那里度过余年。这时他意外地收到了我的信，他年纪虽然大了，但性子还是像年青时那样急，他立即不论价钱高低把土地和其他一切都卖掉，匆匆忙忙赶回到老姐姐身边来。姐姐见他时的模样，真是觉得比公主还要幸福、富有呢。后来我终于打熬不住睡着了，没有多久门那边响起一阵轻微的窸窣声把我惊醒了，原来是玛蒂小姐，她边向我打招呼边爬上床来。她似乎还不敢相信离散了几十年的兄弟终于真正回来了——回到了这幢房子里——她总担心这不过是一场白日梦，也许根本就没有什么彼得坐在她身旁和她谈了一个晚上——也许那个真正的彼得早已葬身鱼腹或死在遥远的东方丛林里了。她越想越疑惑，非要爬起来摸到他房门口听听里面是不是有人，他那均匀的呼吸声传到她耳里，她这才放心了——我不想说彼得会打鼾，不过虽是隔着两重房门他的呼吸声我还是听得清清楚楚——玛蒂小姐又倾听了一会，总算放心睡着了。

我不相信彼得先生是发了大财从印度归来的，他甚至认为自己还很穷，不过玛蒂小姐和他并不把这放在心上，反正他们姐弟俩“像像样样”过日子的钱是足够的。他到家一两天后店就关门了。那天，玛蒂小姐的客厅窗外等着一大群小调皮，兴高采烈地仰头望着窗子，每隔一会儿里面就撒出一大把一大把的糖果来，玛蒂小姐还藏在窗帘后时时对他们喊道：“小宝贝们，别把肚子吃坏

“兴高采烈地等待里面撒出一大把一大把的糖果来”

了！”可是总会有一只有力的胳膊把她拉进去，接着又是一大把的糖果沙沙地撒了出来。茶叶一部分送给了镇上的女士们，那些对小时候挺顽皮的彼得还记忆犹新的老年人也都得了一份。印度薄纱外衣准备留给弗萝拉·戈登（泽西·布朗小姐的女儿），戈登一家前几年到大陆上去了，不过最近就会回来。玛蒂小姐，这位做姐姐的得意非凡，急着要把兄弟介绍给他们。珍珠项链没有拿出来。那段时间波尔小姐和福列斯特太太家里添了不少既漂亮又实用的礼物，贾米逊夫人和费兹-亚当太太的客厅里也出现了不少珍奇精致的印度物件。自然没有漏掉我，在送我的礼物中有一套装帧得十分精美的《约翰逊作品集》，玛蒂小姐双眼含泪，求我把这看作是她和姐姐两人一起送给我的礼物。总而言之，一个人也没被落下，无论是谁，只要以前帮过玛蒂小姐一点小忙的，彼得先生必定会热诚相待，表示感谢。

第十六章
一团和气

彼得先生成了镇上的红人，这是不足为奇的。女士们争着夸赞他；这也难怪，因为年复一年，她们的生活平静如常，如今有人从印度来了，她们自然会激动好奇——何况这位印度归客谈的经历简直比水手辛巴德[①]还要离奇，波尔小姐说真与天方夜谭一般无二。至于我，这辈子没出过远门，只是在德伦布尔与克兰福镇之间来来往往，我想彼得的故事虽然奇怪，但也许确有其事。不过后来我渐渐有点怀疑起来了，因为我发觉彼得的故事越来越怪诞，每个星期总有新的奇闻，实在叫人难以置信。而且我又发现每逢他姐姐在场，他的话中就要略去不少惊心动魄的场面，这倒不是因为玛蒂小姐对印度的事知道得多，其实我看她还不如我们呢。我还发觉教区长来访时，彼得便会用另一种口气谈起他去过的那些国家。不过，要是克兰福镇的女士们听到他从从容容地和教区长谈的那席话，她们便不见得会把他当作了不起的大旅行家了。她们称他“完全是东方的派头”，为了这一点也就更加喜欢他。

有一天，波尔小姐请他，并约请了几位女士作陪，贾米逊夫人也大驾光临了，她还提出让莫林纳来侍候，霍金斯夫妇和费兹-亚当太太当然不在来宾之列。那天在波尔小姐家，彼得说坐硬椅子实在不好受，他说请诸位女士原谅他放肆一点搁起腿来。波尔小姐自然是满口应承，他便一屁股坐了下去。波尔小姐在我耳边压低声音说(人人都能听见)：“瞧，他像不像伊斯兰教教祖呀！”而我却不由想起了西蒙·琼斯，那个可怜的跛脚裁缝。但是贾米逊夫人却不紧不慢地称赞他坐的姿势真是既优雅又舒适。这时我想起有一回就因霍金斯大夫搁起腿坐在椅子上，贾米逊夫人便领着大家骂他俗得讨厌。彼得吃东西的样子也很有些叫波尔小姐、玛蒂小姐和贾米逊夫人奇怪，这倒使我想起在霍尔布洛克家吃饭时用二尖叉吃青豌豆的事情来。

提起霍尔布洛克，倒使我想起彼得和玛蒂小姐间的一次谈话，那是彼得回克兰福镇后的那年夏天的一个晚上，那天天气特别闷热，玛蒂小姐热得透不过气来，彼得却是毫不在乎，十分自在。

---

①《一千零一夜》中的人物。

“伊斯兰教教祖”

我记得那天她连玛莎的孩子也没法照料了，那个娃娃这会儿成了她的宝贝，抱在她怀里就同在她母亲怀里一样乖，娃娃分量不重，瘦瘦的玛蒂小姐还能抱得动。那天玛蒂小姐似乎特别疲乏，太阳下山后才觉得好了点。她把沙发挪到打开的窗前，那窗虽然面临大街，却时而有阵阵清风，送来附近干草地里的香味，徐徐清风吹动了夏日黄昏时的沉闷空气，随后就消失了。家家户户都打开了门窗，一阵阵话语声传来，打破了夏夜的宁静。大白天热得连孩子也出不了门，这会儿他们才跑到街上玩了起来，尽管已经过了十点钟了。虽然有的房子里十分热闹，但却没有几家点着蜡烛，这点尤其叫玛蒂小姐高兴。彼得、玛蒂小姐和我各自在沉思着，谁也没作声，一会儿彼得开口说——

“你知道吗，玛蒂？我敢起誓，上回我走的时候你完全像是快要结婚了呢。那时要是有人说你会终身不嫁，我一定会当面笑他胡说八道呢！”

玛蒂小姐没响，我拼命想把话题岔开。我真笨，话还没想出来他又开腔了——

“我说的是住在伍特莱的霍尔布洛克，那可是个挺神气的好人啊，我总以为他要把我的小姐姐娶走的呢。玛丽，我敢说您现在一定想不到，我这位小姐姐年青时蛮漂亮的呢，至少在我眼里是如此，我知道霍尔布洛克也是这么想的。我那时候还是一个不懂事的调皮鬼，他对我可真好，他怎么倒死了呢？我连谢都赶不上谢他一声。那时候我跟他出去钓鱼，他跟我谈的老是玛蒂长玛蒂短的，我才看出他对你有心。唉，我那位狄布拉姐姐呀！有天我请霍尔布洛克到家里来吃饭，她叽里咕噜教训了我一通，因为她瞧见阿莱家的马车刚才路过，恐怕夫人会上门来做客。唉，这些都是旧事了，大半辈子也过去了，可是我总觉得仿佛就是昨天一样。我真不知道有谁来做我的姐夫能比他更使我称心。你真是太不高明了，玛蒂——还要做兄弟的替你作媒，对吗，小姐？”他说，伸手去握她的手，玛蒂小姐倒在沙发上。“咦，怎么了？你怎么在发抖呀，玛蒂？全是开了这扇鬼窗子，快关上，玛丽，快关上！”

我关好窗子，俯下身来吻了吻玛蒂小姐，看她是不是真的着了凉。她抓住我的手，用力捏了一下——不过我想她自己并不知道。过了一两分钟，她话音恢复了正常，并且朝我们微微笑着，把我们的不安一扫无遗。我们硬把她送到热烘烘的床上，端了杯淡尼加斯酒[1]让她提提神，她全温顺地一一照办了。第二天我要离开克兰福镇，动身前我看到开窗引起的那场不适已化为乌有了。这几星期来家里重新收拾布置，各事由我一手操持，店面重新成了客厅，空空荡荡的房间重又摆满了家具，连小阁楼也塞满了。

有人提出让玛莎和杰姆搬出去，这话玛蒂小姐听也不要听。波尔小姐就说过最好让玛莎分开住，玛蒂小姐听了大为生气，我还从未看到她那样冒火。只要玛莎肯留下来，玛蒂小姐是求之不得的，她对杰姆也同样欢迎，整个礼拜她都难得见到他一面，这样的男子她最中意了。至于说日后玛莎有了一大群小孩子又怎么办呢？她说，如果小孩都像她那个教女玛蒂尔德一样可爱的话，只要玛莎愿意生，她是一点儿也不在乎的。不过，第二个应该取名叫狄布拉——头生的这个玛莎非要取名叫玛蒂尔德不可，玛蒂小姐只好让

① 一种掺了热水、糖、柠檬汁、肉豆蔻的酒。

步。这样一来，波尔小姐只得作罢。她低声对我说，既然赫恩夫妇还要跟玛蒂小姐住在一块儿，我们最好把玛莎的侄女雇来做个帮手。

我走的时候玛蒂小姐和彼得日子过得真是心满意足，无比自在。只有一桩事使心肠温柔的姐姐和好交朋友的弟弟觉得有些遗憾，那便是贾米逊夫人和平民出身的霍金斯家的人仍然不相往来。有天我开玩笑说等到贾米逊夫人或是她的管家莫林纳一生病这个问题立刻就能解决，那时他们要巴结霍金斯大夫还来不及呢，不过玛蒂小姐不喜欢我随随便便盼人家生病。哪知年底未到，一切竟然意外顺利地解决了。

十月间一个美好的早晨，我收到克兰福镇两封来信，波尔小姐和玛蒂小姐都要我去，见见已经安然无恙地回到英国的戈登一家子，他们的两个孩子几乎全长成大人了。泽西·布朗小姐嫁了人后，地位变了，但脾气还是照样地好。她来信说她和戈登少校约在十四日抵克兰福镇。她信中问候了贾米逊夫人(她门第高，当然先要提她)、波尔小姐、玛蒂小姐——她永远也忘不了她们对她父亲和姐姐的恩情——还有福列斯特太太、霍金斯大夫(再次感谢他们对她已故亲人的情谊)和他新婚的夫人，她极想和她会面，说起来，这位太太还是她丈夫的一位苏格兰老朋友呢。总而言之，每个人都提到了，从教区长——他是在她父亲去世后来到这里的，那时泽西还未出嫁，后来她的婚礼便是由他主持的——到贝蒂·巴尔格小姐。信中请大家赴宴，只有费兹-亚当太太除外，因为她迁来此地时泽西·布朗已经走了，后来我发现她因为没有在被邀之列心里很有点难过。巴尔格小姐也列在贵宾名单上，大家觉得十分奇怪，不过后来波尔小姐提醒说是上尉教育女儿不必去注重这些规矩礼节，看在上尉的面上大家不要多去计较吧。只有贾米逊夫人反把这一点看成是对她的恭维，因为这是把她从前的侍女贝蒂和“霍金斯那一家子”一样看待呢。

不过在我到克兰福镇时，别人还不清楚贾米逊夫人愿不愿意出席宴会。只有彼得说她理应参加，而且准会光临，而波尔小姐则摇头不抱希望。可是彼得很有办法，首先他劝玛蒂写了封信给戈登太太，告诉她镇上还有一位费兹-亚当太太，为人极是热心大方，请戈登夫人考虑是否邀她一起赴宴。回信很快就到了，附来一张给费兹-亚当太太的漂亮的小请帖，请玛蒂小姐面交费兹-亚当太太，顺带向她说明一下上次将她遗漏了的原因。那位太太快活得不得了，对玛蒂小姐谢了又谢。彼得又说道：“贾米逊夫人交给我好了。”所以我们也乐得不管了，因为大家都知道她的脾气，她那个人一打定主意我们是没法子劝说得动的。

事情是如何进行的我和玛蒂小姐全一无所知。直到戈登夫人回来的前一天，波尔小姐突然问我知不知道彼得可有要和贾米逊夫人结婚的意思，因为她听说贾米逊夫人真的要出席乔治饭店的宴会了。她派了莫林纳到那里去，吩咐在最暖和的座位下放上一张踏脚凳好让她第二天坐，因为她知道那儿的椅子都非常高。波尔小姐立刻就注意到了这件新闻，从那上面又东猜西想开去，到末了竟然牢骚满腹地说：“彼得一结婚，亲爱的玛蒂可又怎么办呢？什么人不能娶，偏偏要娶那个贾米逊夫人！”波尔小姐的意思好像是认为镇上的女士大有人在，无论哪个都比贾米逊夫人强。我想她心中定是有所指，一定是说的某个从未嫁过人的女士，因为她不住嘟哝：“做寡妇的再想这种事未免太不像话。”

在我走回玛蒂小姐家的时候，我真有点担心彼得会娶贾米逊夫人，我也和波尔小姐一样心里觉得很不是滋味。彼得手上拿着一张大海报的校样，上面印的是“德里国王、欧德王公、西藏大喇嘛等等等等钦封意大利魔术大师勃鲁诺尼定于明夜在克兰福镇公演，只此一场”。玛蒂小姐兴高采烈地给我看戈登家的来信，他们也要留下来观看魔术。玛蒂小姐告诉我这全是彼得的主意，是他写信去请魔术师来的，一切开支由他负责。门票免费赠送，只要会堂里坐得下，尽可能请大家来看表演。玛蒂小姐对这个安排高兴得要命，她说明天克兰福镇会使她回忆起她年青时参加的那一次普利斯顿盛会[①]来。明天先是到乔治饭店赴戈登家的午宴，晚上到大会堂看魔术。不过我——我的眼睛只注意到这几个讨厌的字：

“蒙尊贵的贾米逊夫人
　　俯允襄助”

那么，是由她来主持彼得的招待会了，也许她会把玛蒂小姐的位置从他心里夺走，再让她孤孤零零、孑然一身！对第二天的娱乐我提不起一点儿兴致，玛蒂小姐全不知晓，满心高兴，这只有使我更加烦恼。

第二天我一直怏怏不乐，觉得样样都不顺眼，老是想发脾气，中午到了乔治饭店大客厅时才稍稍好了一点。戈登少校夫妇满面春风，两个孩子弗萝拉和路德维克长得都十分秀气可爱。但我

① 普利斯顿盛会（Preston Guild），普利斯顿是英格兰西北部的一个海港，四百余年来，每隔二十年要在那儿举行一次盛大的商业集会。

SIGNOR BRUNO
MAGICIAN
TO THE
KING OF DELHI, THE RAJAH OUDE
AND THE
GREAT LAMA OF THIBET
&c &c &c
WILL PERFORM
FOR ONE NIGHT ONLY
UNDER THE PATRONAGE OF
THE HONOURABLE MRS JAMIESON

“一张大海报的校样”

那时一心只顾观察彼得的举止，也就没工夫去留意主人了。无独有偶，我发现波尔小姐也同我一样。我从未见到贾米逊太太像今天似的兴致勃勃，彼得讲的话使她听得入了神。我凑近前去听了几句，立刻便放了心。原来并不是在谈情说爱，彼得先生又在煞有介事地玩他那套老把戏了。他有声有色地讲起他在印度的奇遇，把喜马拉雅山越说越高，简直是不见顶。他越说越离奇，不过贾米逊夫人对他的话却是深信不疑，看来像她那种迟纯的心灵非得这样强烈地刺激一下才会有些生气。彼得说，在那样的高度上动物当然是别具一格，野味什么的跟平地上完全不同。他说有一天他朝一个飞着的东西放了一枪，掉下来一看，却是个长翅膀的小天使，让他懊恼了好些天。这时彼得发现了我正在看他，便朝我滑稽地眨了眨眼睛，这一来我完全明白了，彼得是决不会娶贾米逊夫人的。那位夫人这时候是一脸的惊慌不安——

“不过，彼得先生，打下了个小天使——那不——那不是亵渎了神明吗？”

彼得立刻沉下脸来，装出大吃一惊的样子，他说（这倒是真话）这一点他以前还从没想到过呢。但是，他要请贾米逊夫人包涵一下，因为他在野蛮人当中住了那么多年，那帮人全不信基督，有的简直就彻头彻尾反对国教。这时玛蒂小姐走了过来，他赶紧调换了话题。过了一阵子，他掉头对我轻声说：“玛丽，您这细心眼儿，别介意我刚才讲的那些东西。对贾米逊夫人就得这样，一定要逗得她开心，第一步就是不能让她打瞌睡。我故意借她的名字主持魔术师演出，给她点甜头。霍金斯一家刚进来，我不让她有时间搭架子耍脾气。我要大家都相处得亲亲热热，因为玛蒂小姐

“打下了个小天使”

“一手扶着贾米逊夫人，一手搀着霍金斯太太”

听到这种不和心里不好过。我还要慢慢下功夫，你别大惊小怪。今天晚上进大会堂的时候，我要一手扶着贾米逊夫人，一手搀着霍金斯太太，您瞧我的本领吧！”

不知怎的，他倒真的说到做到了，还居然想法子让她们俩搭了话。戈登少校夫妇在这其中也出了一把力，他们压根儿就不知道镇上的女士们中间有什么不和。

从那以来克兰福镇的社交圈子人人言归于好，一如往日，对此我真是万分高兴，因为亲爱的玛蒂小姐喜欢大家亲亲热热、和睦相处。大家都爱玛蒂小姐，不知怎的，我总觉得有她在身边大家还会变得好一些呢！

译后记

盖斯凯尔夫人(1810—1865)，原名伊莉莎白·克莱格霍恩·斯蒂文森，十九世纪英国批判现实主义作家。她出身于牧师家庭，自幼丧母，寄养在纳茨福镇姨母家中，十四岁时去斯特拉福镇一女子学校求学，二十二岁时与曼彻斯特唯一神教会牧师威廉·盖斯凯尔结婚，此后一直住在曼彻斯特。她从小便受到父亲文学修养的熏陶，幼年在小镇上的生活给她留下了深刻的印象；婚后作为下级牧师的妻子，又使她和社会下层有了较多的接触，这一切都对她的创作活动产生了很大的影响。她是在丈夫的鼓励下从事文学创作的，一生共发表了六部小说、一部传记以及许多中、短篇小说，取得很大的成功。马克思对她评价很高，曾把她和狄更斯、萨克雷一起称作为“一批杰出的小说家”。

她的第一部小说《玛丽·巴顿》于一八四八年出版，全书反映了宪章运动时期英国工人的生活和斗争。小说出版后受到了读者的欢迎，也得到狄更斯的好评。

《克兰福镇》是盖斯凯尔夫人另一部重要的作品，它最初分期刊载在狄更斯主编的杂志《家常话》上，单行本于一八五三年出版。

在《克兰福镇》一书中作者描写了英格兰西北部一个普通城

镇的生活，克兰福镇的原型即是她在那儿度过童年的纳茨福镇。作者通过一些生活琐事，逼真地描绘出这个偏僻小镇的风俗人情。克兰福镇社交圈子里那些女士们虽不富裕，但总要千方百计维持自己的身份；她们尽管目光短浅、幼稚天真，但大多数人都心地善良、乐于助人。作者对人物的性格刻画得十分成功，诸如温柔善良的玛蒂小姐，见义勇为的布朗上尉，主观专断的詹金斯小姐，好搭贵族架子的贾米逊夫人等无不形象生动，个性鲜明。此外，作者对因门第观念造成的恋爱悲剧寄予深切的同情；对庸人自扰式的恐慌进行了善意的嘲笑；而对朋友在患难中真诚相助表示真心的钦佩。全书语言幽默风趣，细腻的笔调略带感伤的色彩。在描写英国村镇生活的作品中，《克兰福镇》被公认为是最成功的一部；自出版以来，它一直受到人们的重视与欢迎。

盖斯凯尔夫人其他重要作品还包括小说《露丝》《北与南》等；她为好友、《简·爱》的作者夏洛蒂·勃朗特写的传记是英国传记文学中最为优秀的作品之一。

刘凯芳